Impressum

„Die Legende von Thariis – Band 1"
Geschrieben von Nils Krieger,
bekannt als Camy the Fox

© 2025 Nils Krieger (Camy the Fox).
Alle Rechte vorbehalten.
Verlag: BoD · Books on Demand GmbH,
Überseering 33, 22297 Hamburg, bod@bod.de
Druck: Libri Plureos GmbH, Friedensallee 273,
22763 Hamburg
ISBN: 978-3-8192-2946-6
Veröffentlicht im Jahr: 2025

Alle Texte, Inhalte und Weltbeschreibungen in diesem
Buch stammen aus der kreativen Feder des Autors.
Die verwendeten Illustrationen sind Konzeptbilder.
Aktuell wird noch nach einem passenden Zeichner für
finale Illustrationen gesucht.

Dieses Buch wurde mit viel Herz und Leidenschaft
geschaffen. Es erzählt von einer fantastischen Welt
voller Abenteuer, Magie und Freundschaft.
Ich hoffe, es schenkt dir beim Lesen ebenso viel Freude,
wie es mir beim Schreiben geschenkt hat.

Die Legende von Thariis

Ein kleiner Fuchs mit einer großen Geschichte

Ich bin nur ein kleiner Fuchs, der irgendwo zwischen den Sternen und den Seiten seiner eigenen Gedanken existiert. Eigentlich nichts Besonderes. Ich tapse durchs Leben, sammle bunte Ideen wie glitzernde Kieselsteine und verliere mich in Geschichten, die vielleicht niemals erzählt werden oder doch?

Eines Tages war da eine kleine Idee. Kaum größer als ein Funken. Ich hätte sie ignorieren können, hätte sie wie einen losen Faden in der Realität einfach ziehen lassen… doch stattdessen zog sie mich in ihren Bann. Und ehe ich mich versah, wurde aus diesem Funken ein Feuer, aus einer Idee eine Welt Thariis.

Was als einfacher Gedanke begann, wuchs zu einer epischen Geschichte heran. Mit jeder Seite wurde sie größer, spannender, lebendiger. Abenteuer nahmen Form an, Helden und Schurken erhielten Namen, und plötzlich stand ich mitten in einem Universum, das sich realer anfühlte als der Kaffee am Morgen (und das will was heißen!).

Ich habe viel Zeit, Herzblut und mehr durchwachte Nächte hineingesteckt, als ich zählen kann. Aber jetzt ist es da das erste Buch einer großen Reise. Und vielleicht… vielleicht kann ich ja jemanden da draußen genauso für diese Geschichte begeistern, wie sie mich begeistert hat, als ich sie geschrieben habe.

Also, wenn du Lust auf ein Abenteuer voller Magie, Rätsel, Raumschiffe, uralter Geheimnisse und einer Prise Humor hast dann schnapp dir ein Plätzchen im Cockpit, schnall dich an und komm mit nach Thariis. Ich verspreche, es wird eine Reise, die du nicht vergessen wirst.

Und wenn nicht, dann… naja, immerhin hast du jetzt von einem kleinen Fuchs gehört, der seine Nase ein bisschen zu tief in alte Bücher gesteckt hat.
Camy

Für alle Füchse, die in der Dunkelheit nach Sternen suchen.

Band 1 - Die Reise beginnt

Einführung:

Tief im Herzen eines fernen Sonnensystems, unter dem leuchtenden Schein einer violetten Sonne, liegt Thariis ein faszinierender Planet voller Leben, Magie und uralter Mysterien. Von den mystischen Baumkronen des Sagun Waldes bis zu den eisigen Weiten des Bisarum Eisfeldes, jede Region erzählt ihre eigene Geschichte, geprägt von einzigartigen Kreaturen, Pflanzen und Kulturen.

Mach es dir bequem, lieber Leser, und begleite Camy und seine Gefährten auf ihren ersten Schritten in ein Abenteuer, das von Mut, Freundschaft und einer Prise Humor getragen wird. Doch sei gewarnt: einmal begonnen, gibt es kein Zurück.

Die Kashari die intelligenten, fuchsartigen Bewohner von Thariis haben ihre Welt über Jahrtausende hinweg geformt und perfektioniert. Ihre Städte, Technologien und Rituale sind eng mit der Natur verwoben, und jeder Stein, jeder Baum und jeder Fluss erzählt von ihrer Geschichte. Doch Thariis birgt noch viel mehr als das, was die Augen sehen in den Tiefen der Wälder, unter dem Sand der Wüste oder in den eisigen Höhlen lauern Geheimnisse, die das Schicksal des Planeten für immer verändern könnten.

Im Laufe ihrer langen Geschichte haben sich die Kashari in sieben einzigartige Völker aufgeteilt jedes geprägt von der Region, in der es lebt. Von den lichtdurchfluteten Wipfeln des Sagun Waldes bis zu den rauen Höhen der Koraka Berge, vom gleißenden Sand der Fexalis Wüste bis zu den eisigen Ebenen des Nordens: Jedes Volk trägt seine eigene Farbe, seine eigenen Fähigkeiten und seine eigene Sicht auf die Welt.

Entdecke Thariis ein Planet voller Wunder, Abenteuer und unvergesslicher Geschichten!
Tauche ein in eine Welt, in der Wissenschaft und Magie aufeinandertreffen, in der Mythen lebendig werden und in der jedes noch so kleine Detail eine Bedeutung hat.
Bist du bereit, die Geheimnisse von Thariis zu lüften?
Willkommen auf Thariis willkommen im Abenteuer!

Die Entstehung der Kashari

Nicht alle Geheimnisse von Thariis liegen in vergessenen Ruinen oder tief unter der Erde. Manche sind in den Adern des Lebens selbst verborgen in Genen, in Mythen, in Legenden, die sich als Wahrheit entpuppen.

Lange glaubte man, die Kashari seien einfach schon immer da gewesen geschickte Jäger, geschickte Denker, fuchsartige Wesen mit einem tiefen Band zur

Natur. Doch neuere Erkenntnisse der Runenmeister und Gelehrten erzählen eine weitaus spannendere Geschichte: Die Kashari stammen vom Pelar ab jenem uralten, magischen Fuchs Wesen, das einst lautlos durch die Wälder streifte.

Es begann vor vielen Jahrtausenden, als ein Meteorit tief im Sagun-Wald einschlug. Er brachte nicht nur neues Gestein, sondern auch fremde Energien mit sich Strahlung, fremde Elemente, ein Hauch von etwas... Außerweltlichem.

Dort, wo der Meteor einschlug, wuchs bald der Meruum-Pilz ein leuchtendes, lebendes Myzel, das sich wie ein Nervensystem durch den Wald zog. Pflanzen begannen zu glühen. Tiere entwickelten neue Farben. Und die Pelar, die in diesem Gebiet lebten, begannen sich zu verändern.

Zuerst kaum merklich: ein klügerer Blick, feinere Glieder, neue Instinkte. Dann immer deutlicher: aufrechter Gang, Sprache, Werkzeuggebrauch bis schließlich ein neues Volk entstand. Die ersten Kashari.

Doch das war nur der Anfang.

Im Lauf der Jahrhunderte zogen die frühen Kashari in alle Regionen des Planeten und überall, wo sie lebten, passten sie sich an. Aus ihrer gemeinsamen Wurzel entstanden sieben unterschiedliche Völker:

- **Wera**, die Baumgänger des Sagun-Waldes.

- **Padu**, die Höhlenwanderer am Kraterrand.

- **Fex**, die Überlebenskünstler der Wüste.

- **Paron**, die Wächter der Küstenwälder.

- **Bisar**, die Kinder des Eises.

- **Lera**, die Bewohner der windgepeitschten Hochländer.

- **Kora**, die Hüter der einsamen Berge.

Jedes Volk trägt eine eigene Farbe, eine eigene Kultur, eine eigene Sicht auf Thariis. Doch tief in ihrem Innersten verbindet sie etwas ein genetisches Flüstern, ein Erbe des Pelar, das durch ihre Adern rauscht wie ein Echo aus längst vergangenen Tagen.

Manche sagen, der Meteorit war ein Zufall. Andere glauben, das Universum habe seine Finger im Spiel gehabt. Wie auch immer es war aus einem Einschlag wurde eine Evolution. Aus einem einzigen Lichtstrahl im Wald entstand ein ganzes Volk. Oder besser gesagt: sieben.

Alle Bilder in diesem Buch sind nur Konzeptbilder. Ich suche noch nach einem Zeichner.

TOMMEK WERA

Vorgeschichte:

Die Begegnung von Tommek & Camy – Der Beginn einer unzertrennlichen Freundschaft

Ein Tag voller Überraschungen
Die Morgensonne tauchte den Sagun-Wald in ein goldenes Licht, während das sanfte Rauschen des Flusses zwischen den hohen Bäumen erklang. Ein friedlicher Frühlingsmorgen warm, ruhig, perfekt.

Auf einer Lichtung, nahe des Flusses, lag ein kräftiger Kashari ausgestreckt auf dem weichen Moos. Seine Arme hatte er hinter dem Kopf verschränkt, die Augen halb geschlossen.

Ein paar Vögel zwitscherten, irgendwo in der Ferne knackte ein Ast, doch nichts davon störte ihn.
Tommek Wera genoss diesen Moment. Keine Arbeit. Keine Verpflichtungen. Einfach Ruhe.

Er war groß. Nicht nur ein bisschen, sondern auf eine Art, die Räume kleiner und Gespräche leiser machte. Seine Schultern so breit wie ein Werkstatttor, die Arme wie lebendige Stahlträger geformt durch Jahre körperlicher Arbeit und zahllose Reparaturen schwerer Maschinen. Cyan Farbenes Fell spannte sich über Muskeln, die er nie zur Schau stellte, sondern einfach hatte wie ein Werkzeug, das man benutzt, wenn's nötig ist.

Sein Blick bernsteinfarben, ruhig, wachsam konnte einen Motorblock genauso durchschauen wie eine Lüge. In seinem Gesicht lag selten ein Lächeln, doch wenn es erschien, war es wie ein Sonnenstrahl auf kaltem Metall: selten, aber ehrlich.

Er trug keine Rüstung. Seine Werkzeuge waren sein Schild, sein Hammer seine Waffe. Und zwischen Schmieröl, Schraubenschlüsseln und improvisierten Reparaturen war Tommek Wera vor allem eines: verlässlich. Wie eine gut geölte Maschine oder ein Freund, der lieber schweigend zuhört, als große Reden zu schwingen.

Doch genau diese Ruhe wurde plötzlich gestört.

KRAWUMM!

Ein lauter Knall hallte durch den Wald, gefolgt von raschelndem Laub und einem wütenden Aufschrei. Vögel flatterten panisch davon.

Tommek öffnete ein Auge. „Hmpf."
Dann noch ein Geräusch. Ein lautes Fluchen.
Neugierig hob er den Kopf.

Ein paar Schritte weiter lag ein kleiner Hügel, von dem aus man einen besseren Blick auf den Fluss hatte. Langsam stand er auf, streckte sich einmal genüsslich und schlenderte dann gemütlich in die Richtung des Spektakels.

„Mal sehen, welcher Depp sich diesmal in Schwierigkeiten gebracht hat…"

Als er schließlich um eine Baumgruppe trat, blieb er stehen und zog eine Augenbraue hoch.
Vor ihm hing ein anderer Kashari kopfüber von einem Baum.

Sein Fuß steckte in einer raffiniert geknüpften Schlinge, die an einem dicken Ast befestigt war. Er zappelte, drehte sich langsam um die eigene Achse und ruderte wild mit den Armen.

„So ein Mist! Ich habe das ganz genau durchdacht – das sollte eigentlich funktionieren! Verdammt, was habe ich diesmal falsch gemacht?!"

Tommek verschränkte die Arme.

„Na, hast du was gefangen?"

Der hängende Kashari blinzelte und drehte sich mühsam zu ihm. Dann grinste er schief.

„Ja… nur leider mich selbst."

Tommek konnte nicht anders ein schallendes Lachen brach aus ihm heraus.

Der Baumfänger & der Grobian

Tommek trat näher an den zappelnden Fuchs heran und musterte ihn mit amüsiertem Blick.

„Soll ich dir helfen?"

Der andere Kashari nickte sofort. „Ja, bitte! Ich habe das zwar geplant, aber nicht SO."

„Ach, wirklich?" Tommek lachte und schüttelte den Kopf. „Du hast dich ernsthaft selbst gefangen? Wie schafft man sowas?"

Der Fuchs überlegte einen Moment.

„Tja… ich habe eine Theorie. Aber die bringt mich hier auch nicht runter."

Tommek grinst. „Na schön. Ich kann dich losschneiden… oder ich kann es etwas unterhaltsamer machen."

Der Fuchs blinzelte. „Warte, warte was meinst du mit unterhaltsa"

KAWUMM!

Mit einem kräftigen Schlag ließ Tommek einen dicken Knüppel auf das Seil sausen.

Das Seil zerbarst und der Fuchs fiel mit einem lauten RUMS auf den Waldboden.
Ein Moment der Stille.

Tommek schaute hinunter. „Alles gut bei dir?"

Der Fuchs blinzelte benommen, rappelte sich langsam auf und klopfte sich den Staub von seinem Fell. Dann grinste er.

„Ja, alles gut! Danke für die… ähm… sanfte Landung."
Er streckte Tommek die Hand entgegen.

„Ich bin Camy."

Er war kleiner als die meisten in der Gruppe, aber seine Energie füllte jeden Raum. In seinen Augen lag ein helles, neugieriges Funkeln als würde er überall Magie sehen, selbst dort, wo andere nur Dreck und Zahnräder fanden. Sein cyan farbenes Fell schimmerte je nach Licht fast elektrisch, durchzogen von weißen Strähnen und pinken Akzenten wie Pinselstriche auf einem lebenden Kunstwerk.

Camy war selten still. Seine Pfoten waren stets in Bewegung schraubend, bastelnd, kritzelnd auf einem zerknitterten Zettel. Wenn er sprach, sprudelten die Worte oft schneller aus ihm heraus, als er denken konnte ein Feuerwerk aus Ideen, Gedanken und spontanen Eingebungen. Sein Werkzeugbeutel klapperte bei jedem Schritt, als wäre er ständig auf dem Sprung, etwas Neues zu erfinden oder etwas Altes zu verbessern.

Doch Camy war nicht nur ein Bastler. In ihm lebte der Geist eines Druiden sanft, tief verbunden mit allem Lebendigen. In ruhigen Momenten sah man ihn mit geschlossenen Augen dem Flüstern der Bäume lauschen, den Wind mit einer Hand begrüßen oder einem Tier leise etwas zuflüstern. Er spürte die Welt auf eine Weise, die andere nicht einmal erahnten.

Er war ein Träumer mit ölverschmierten Händen und einem Herz, das im Takt der Natur schlug ein Druide des Lichts, der mit jedem Tüfteln versuchte, die Welt ein bisschen wunderbarer zu machen.

Tommek grinste, schlug ein. „Tommek. Freut mich.“

In diesem Moment wussten sie beide ohne große Worte, ohne lange Erklärungen dass sie irgendwie zusammenpassten. Der eine ein Fels, der andere ein Wirbelwind. Kumpels eben. Auf seltsame, aber genau richtige Weise.

Ein Parcours für zwei

Tommek lehnte sich entspannt gegen einen Baum und verschränkte die Arme.

„Also, was genau hast du hier eigentlich vor? Du verschreckst die halbe Tierwelt und störst meinen Frieden.“

Camy lachte verlegen. „Ja, ähm… das war nicht ganz so geplant. Eigentlich wollte ich eine Trainingsfalle bauen, um meine Treffsicherheit zu verbessern. Unser Lehrer meinte, wir sollen uns eigene Ziele suchen und

Präzision üben. Tja… scheinbar habe ich mich selbst als Ziel ausgewählt."

Tommek schüttelte den Kopf. „Junge, das war die schlechteste Falle, die ich je gesehen habe."

Camy zuckte mit den Schultern. „Möglich. Aber jetzt, wo du schon da bist vielleicht kannst du mir helfen?"

Tommek überlegte kurz. Seine ruhige Zeit war jetzt ohnehin vorbei.

„Hmm. Also gut. Aber nur, wenn wir was Gescheites daraus machen."

Und so verbrachten sie den gesamten Tag damit, gemeinsam einen Trainingsparcours zu bauen.

Sie errichteten Hindernisse, über die man klettern musste.
Sie spannten Seile für Gleichgewichtsübungen.
Sie bauten Ziel Mechanismen mit beweglichen Objekten.
Sie testeten Fallen diesmal ohne, sich selbst zu fangen.

Am Abend, als die Sonne langsam hinter den Bäumen verschwand, saßen die beiden erschöpft am Flussufer.

Camy nahm einen Stock und zeichnete Muster in den Sand.

„Das war echt ein cooler Tag."

Tommek grinste. „Jep. Du bist zwar ein hoffnungsloser Tüftler, aber ich glaube, du bist ganz in Ordnung."

Camy lachte. „Und du bist ein grober Klotz mit einem Herz aus Gold."

Von diesem Tag an wurden sie beste Freunde.

Tommek wusste es damals noch nicht, aber dieser verrückte Kashari, den er aus einer Falle befreit hatte, würde ihn noch in viele große Abenteuer verwickeln. Und Camy? Nun… er hatte einen treuen Freund gewonnen, der ihm in jeder noch so gefährlichen Situation den Rücken freihalten würde.

Der Beginn einer unzertrennlichen Freundschaft

Tommek & Camy ein chaotischer Erfinder und ein grober Mechaniker. Wer hätte gedacht, dass aus einer missglückten Falle eine Freundschaft fürs Leben entstehen würde?

Aber genau das ist es, was wahre Freundschaft ausmacht jemand, der mit dir lacht, dich rettet, wenn du dich selbst fängst… und dir immer zur seite steht.

Beginn der Geschichte:

Ein ganz normaler Tag

Die ersten Sonnenstrahlen des Frühlings wärmten den Wald, während ein sanfter Wind durch die Kronen der hohen Akimea Bäume zog. Blätter raschelten leise, Vögel zwitscherten fröhlich, und irgendwo in der Ferne hörte man das ruhige Plätschern des Flusses. Die Luft roch nach feuchtem Moos und frischen Blüten ein perfekter Tag.

Camy lehnte sich gegen einen Baum, seine Arme vor der Brust verschränkt, und musterte die kleine Lichtung, die sie zu ihrem Trainingsplatz gemacht hatten. Der Platz lag direkt am Rande des Waldes, wo das dichte Blattwerk langsam in offeneres Gelände überging. Große Felsen lagen verstreut auf dem Boden, von der Zeit und den Elementen gezeichnet. Doch etwas störte das Bild.

Über die Felsen hatte sich Faum Gestrüpp gelegt eine widerspenstige Pflanze, die mit ihren dunkelgrünen Ranken und goldgelben Blättern alles überwucherte. Die Dornen waren so dicht wie Stacheldraht, und das Zeug hatte die unangenehme Angewohnheit, sich immer weiter auszubreiten, sobald man es ignorierte.

"Wir sollten hier mal ein bisschen Ordnung machen," sagte Camy nachdenklich und fuhr sich mit der Pfote durchs Fell. *"Wenn wir hier trainieren wollen, wäre es vielleicht nicht schlecht, die Felsen freizulegen. Dann*

könnten wir Zielscheiben oder andere Trainingsgeräte anbringen."

Tommek, der neben ihm stand und mit seinem schweren Hammer spielte, nickte zustimmend. *"Klingt nach einer guten Idee. Außerdem hat mich das Gestrüpp schon immer genervt."* Er spuckte demonstrativ zur Seite. *"Dieses Zeug kratzt wie nichts Gutes, wenn du reinfällst."*

"Dann mal los," grinste Camy und rieb sich die Pfoten. *"Ich werde mal meine beeindruckenden Druiden Kräfte nutzen!"*

Druiden Kunst auf Umwegen

Camy schloss die Augen, atmete tief durch und versuchte, sich mit der Energie der Natur zu verbinden. Er hatte nicht viel Übung, aber es fühlte sich immer mehr an, als würde er ein tieferes Verständnis für die Welt um ihn herum entwickeln. Die Pflanzen, die Wurzeln unter der Erde, selbst das Wasser im Fluss alles war verbunden.

Er hob seine Pfoten, flüsterte eine kleine Beschwörung und spürte, wie sich die Magie langsam sammelte. Dann richtete er die Energie auf das Gestrüpp es sollte sich einfach nur zurückziehen, damit sie es leichter entfernen konnten.

Doch anstatt zu verwelken oder sich sanft aufzulösen, ertönte plötzlich ein knackendes Geräusch. Das Faum-Gestrüpp zitterte... und wurde dann steinhart.

Camy riss die Augen auf. *"Ähm… war das geplant?"*

Tommek hob eine Augenbraue und klopfte mit der Faust gegen die erstarrten Ranken. Ein dumpfes KLONK ertönte. *"Ja, eindeutig felsenhart. Gute Arbeit… glaub ich."*

"Also… genau so hatte ich mir das vorgestellt." Camy zwinkerte übertrieben.

Tommek schüttelte den Kopf und hob seinen Hammer. *"Na dann, lassen wir mal den Profi ran."*

Mit einem kräftigen Schwung ließ er den Hammer auf das versteinerten Gestrüpp krachen es zerbrach in tausend kristallähnliche Splitter, die in der Sonne glitzerten. Ein feiner Staub stieg auf, bevor sich alles auf den Waldboden legte.

"Jep. Genauso war's geplant," sagte Tommek grinsend und ließ den Hammer lässig auf die Schulter sinken.

Camy lachte. *"Okay, das war irgendwie cooler, als ich erwartet hatte."*

Der versteckte Eingang

Während sie weiter räumten, entdeckte Tommek einen schmalen Spalt zwischen zwei Felsen. Er kniff die Augen zusammen und leuchtete mit einer kleinen Kristall Laterne hinein. *"Camy, komm mal her. Siehst du das?"*

Camy trat näher und beugte sich vor. Im schwachen Licht erkannte er Steine mit eingravierten Symbolen Runen, die mit den Jahren fast vollständig verwittert waren.

"Das sieht… alt aus," murmelte Camy. *"Und ich meine wirklich alt."*

"Meinst du, da ist eine Höhle oder sowas dahinter?"

"Sieht ganz danach aus."

Neugierig begannen sie, die verschüttete Öffnung freizulegen. Während Tommek mit seinem Hammer gröbere Steine beiseite schlug, konzentrierte sich Camy auf die feineren Arbeiten. Nach mehreren Minuten harter Arbeit öffnete sich der Eingang weit genug, dass sie hineinsehen konnten.

Dunkelheit. Ein alter Tunnel, verstaubt und von der Zeit gezeichnet.

Tommek grinste breit. *"Jackpot! Eine geheime Höhle direkt auf unserem Trainingsplatz!"*

Camy nickte nachdenklich. *"Klingt spannend, aber… wir wissen nicht, was da unten ist. Vielleicht sollten wir Kira dazu holen. Falls es gefährlich wird, wäre es gut, noch jemanden dabei zu haben."*

Tommek zuckte die Schultern. *"Gute Idee. Lass uns Kira holen."*

Zwischen Info:

Die Nacht, die alles veränderte – Kira & Nyx' erste Begegnung

Jägerin der Schatten – Wer ist Kira?

Tief in den Wäldern von Thariis bewegt sich eine Gestalt lautlos durch das Dickicht. Sie ist mehr Schatten als Wesen, mehr Wind als Körper. Ihre Schritte hinterlassen keine Spuren, ihre Sinne erfassen jede Bewegung, jedes Flüstern der Blätter im Wind.

Ihr Name ist Kira Padu eine Jägerin, eine Beobachterin, eine Kämpferin.

Sie gehört zu den Kashari, den fuchsartigen Bewohnern von Thariis, doch anders als viele ihrer Artgenossen hat sie das Leben in den großen Städten hinter sich gelassen. Ihre Heimat ist der Sagun Wald, ein uralter, lebendiger Ort voller Magie und Gefahren. Zwischen den leuchtenden Bäumen, unter dem violetten Himmel, hat sie gelernt zu überleben nicht mit roher Gewalt, sondern mit Intelligenz, Geschick und der Kraft der Natur.

Kira ist keine Heldin, die sich in den Mittelpunkt drängt. Sie spricht nicht viel, wählt ihre Worte mit Bedacht. Doch wenn sie etwas sagt, dann mit der Präzision eines Pfeils, der sein Ziel niemals verfehlt. Sie lebt für die Freiheit, für den Wald, für die Gerechtigkeit und wenn nötig, wird sie zu einer unsichtbaren Bedrohung für jene, die anderen Schaden zufügen.

Sie hat keine Angst vor der Dunkelheit – sie ist ein Teil von ihr.

Der Ruf der Dunkelheit

Der Nebel lag schwer über dem Sagun Wald, seine dichten Schleier tanzten zwischen den uralten Bäumen. Die leuchtenden Pilze am Boden warfen ein geisterhaftes Licht auf die lilafarbenen Blätter, während der Wind ein leises Flüstern durch das Unterholz jagte.

Kira kannte diesen Wald. Er war ihr Zuhause. Aber heute Nacht fühlte er sich... fremd an.

Sie war auf einer Mission Heilpilze für einen Mönch sammeln, der Tränke herstellte. Ihre Pfoten bewegten sich lautlos über den moosbedeckten Boden, ihre Ohren gespitzt, als ein fremder Geruch ihre Nase traf.

Rauch. Feuer. Und... Wilderer.

Ein leises Knacken im Dickicht ließ sie erstarren. Stimmen. Tief und gierig. Sie schlich sich näher, sprang auf einen umgestürzten Baum und spähte in eine versteckte Höhle.

Fünf Gestalten saßen um ein Feuer. Der Geruch von gebratenem Fleisch lag in der Luft.

Und dann sah sie die Käfige.

Ein Dutzend Tiere ein paar Peggin, ein paar Zupp und zwei Mellos standen angebunden an der Höhlenwand . Gefangen, aber nicht verletzt. Ihr Herz zog sich zusammen.

Doch als ihr Blick tiefer in die Höhle wanderte, entdeckte sie ihn.

Zwei Augen, so tiefblau wie der Nachthimmel, leuchteten aus der Dunkelheit.

Ein Pelar.

Sein Fell war schwarz mit hell blauen, leicht schimmernden Mustern. Ruhig saß er da, beobachtete sie. Und dann – ein Flüstern in ihrem Kopf.

„Du... bist nicht wie sie."

Kira riss die Augen auf. Telepathie?

Pelare waren für ihre Gedanken Kommunikation bekannt, aber so früh? Er musste noch jung sein. Kein Wunder, dass es nur ein undeutliches Echo war.

Aber sie verstand ihn. Und er verstand sie.

Sie durfte ihn nicht hier lassen.

List der Füchsin, Sprung ins Unbekannte

Kira schloss kurz die Augen, atmete tief durch. Sie musste schlau sein.

Mit schnellen Pfoten sammelte sie zwei leuchtende Blüten, Sträucher und Äste. Mit einer Liane und einem Stein bastelte sie eine Attrappe einen schemenhaften Pelar, der in der Dunkelheit täuschend echt aussah.

Dann schlich sie zum Höhleneingang und ließ die Attrappe durch das Unterholz huschen.

„Da ist noch so ein Vieh!" rief einer der Wilderer. „Schnappt es euch! Die bringen uns eine Menge Edelsteine!"

Vier von ihnen sprangen auf und rannten los.

Kira wartete... dann kappte sie die Liane.

Der Stein sauste in eine Felsspalte und zog die Attrappe mit sich. Die Wilderer stürmten hinterher.

Bleibt noch einer.

Kira schlich sich an ihn heran, packte einen dicken Ast und

Klonk!

Er fiel um.

„Ups."

Keine Zeit zu verlieren. Sie sprintete in die Höhle, trat gegen den ersten Käfig. Die Türen sprangen auf, die kleineren Tiere flitzten in die Freiheit.

Sie schnitt die Seile der Mollos durch, die daraufhin in der Dunkelheit verschwanden.

Dann wandte sie sich dem Pelar zu.

Seine eisblauen Augen fixierten sie, er schien auf ihre nächste Bewegung zu warten.

„Ich hole dich hier raus." murmelte sie und tastete nach dem Verschluss des Käfigs.

Ein leises Summen in ihrem Kopf.

„Gefahr... nahe..."

Kira spitzte die Ohren. Die Wilderer kamen zurück.

Sie durchtrennte den Strick des Käfigs, zog ihn vorsichtig heraus. Doch als sie loslaufen wollte, zuckte der Pelar zusammen – sein Bein war am Gitter hängengeblieben. Eine tiefe Schnittwunde zog sich über seine Vorderpfote.

„Mist… ich krieg dich hier raus, versprochen."

Dann hörte sie wütendes Gebrüll.

„Rennen!"

Mit dem Pelar auf dem Arm stürmte sie aus der Höhle, sprang über Wurzeln, raste durch das Dickicht. Die Wilderer hetzten hinterher.

Sie rannte Richtung einer versteckten Felsspalte sieben Meter tief, aber mit Moos am Boden.

Doch dann.

Ihr Fuß rutschte weg.

Kira fauchte, fuhr ihre Krallen aus und krallte sich in die Felswand. Der Pelar klammerte sich an sie, sein Fell kitzelte an ihrem Gesicht.

„Nicht… loslassen…"

„Keine Sorge, tu ich nicht!"

Langsam glitt sie die Felswand hinunter bis sie schließlich auf dem Moosboden aufprallte.

Stille.

Der Pelar lag quer über ihr.

Dann schleckte er ihr quer über die Schnauze.

„Ugh! PELAREN-SABBER?!"

Er blinzelte unschuldig.

Kira seufzte und strich ihm vorsichtig durchs Fell.

„Sicher... jetzt."

Sie lächelte.

„Ja. Jetzt sind wir sicher."

Ein Name für einen Freund

Der erste Lichtstrahl des Morgens brach durch die Baumkronen.

Kira rieb sich die Augen und bemerkte, dass der Pelar noch immer an ihrer Seite lag. Sein verletztes Bein lag vorsichtig ausgestreckt, seine Atmung war ruhig.

Sie lächelte, griff nach einem Stück Stoff aus ihrer Tasche und band es vorsichtig um seine Wunde.

„Hier. Das wird dich daran erinnern, vorsichtiger zu sein."

Er schnaubte und musterte das Band tiefschwarz mit einem cyan farbenen Muster, genau wie seine Augen.

Dann hob er langsam den Kopf und sah sie an.

„Ich… bin…?" Kira blinzelte. Hatte er sie gerade gefragt, wer er war?

Sie dachte nach.

Ein Name… etwas, das zu ihm passte. Dunkel wie die Nacht, sanft wie die Schatten, schnell wie der Wind.

„Nyx." Der Pelar zuckte mit den Ohren.

Dann schloss er kurz die Augen, als würde er den Namen in sich aufnehmen.

Und als er sie wieder öffnete, war da kein Zweifel mehr.

„Ich bin Nyx."

Dann leckte er ihr noch einmal quer über die Schnauze.

„HÖR AUF DAMIT!" rief sie lachend und schob ihn weg.

Doch tief in ihrem Herzen wusste sie es schon.

Von diesem Moment an waren sie unzertrennlich.

Die Nacht hatte sie zusammengebracht und nichts würde sie je wieder trennen.

Ein ruhiger Morgen – bis Camy auftaucht

Kira saß entspannt auf einem Baumstumpf vor ihrem Haus und seufzte. Vor ihr lag Nyx, ausgestreckt in der Sonne, während sie mit einem Ball in der Pfote vor ihm stand.

„Nyx, komm schon... nur ein einziges Mal. Hol den Ball!" Sie warf ihn mit einer geschmeidigen Bewegung.

Nyx bewegte nicht mal ein Ohr. Stattdessen blinzelte er schläfrig, ließ sich auf die Seite plumpsen und streckte sich, als ob die Sonne gerade das Wichtigste in seinem Leben wäre.

„Du bist unmöglich," murmelte Kira genervt.

Camy und Tommek kamen gerade dazu und mussten sich das Lachen verkneifen.

„Immer noch kein Interesse?" fragte Camy grinsend.

Kira seufzte. „Er ist so verdammt stur. Irgendwann lernt er's vielleicht."

Nyx ließ sich demonstrativ auf die andere Seite rollen, als wollte er ihre Worte bewusst ignorieren. Doch als er Tommek und Camy näherkommen sah, zuckten plötzlich seine Ohren.

Dann sprang er ohne Vorwarnung auf, stieß sich an Tommek vorbei und rammte Camy fast um.

„Ganz ruhig, du großes Ding!" lachte Camy, während er versuchte, nicht umzufallen.

Nyx drückte sich an ihn, schnaufte und lief dann zu Tommek, wo er sich erwartungsvoll auf den Rücken warf. Tommek schüttelte schmunzelnd den Kopf und ließ sich auf ein Knie fallen, um Nyx am Bauch zu kraulen. Der große Pelar brummte zufrieden.

„Wir haben was gefunden," erklärte Camy.

Sofort spitzte Nyx die Ohren.

„Was genau?" fragte Kira und stand auf.

„Eine alte Höhle oder besser gesagt, ein Tunnel. Wir haben ihn entdeckt, als wir unseren Trainingsplatz erweitern wollten. Da sind Runen, richtig alte."

Kira brauchte gar nicht lange überlegen.

„Moment! Ich hole nur schnell meine Sachen. Wenn das ein Abenteuer wird, dann will ich vorbereitet sein!"

Sie eilte ins Haus, warf sich ihren leichten Mantel über und schnappte sich ihre Ausrüstung. Keine Minute später war sie bereit.

„Los geht's," sagte sie mit einem entschlossenen Blick.

Nyx sprang auf und ging voraus, als ob er bereits wusste, dass hier etwas Wichtiges auf sie wartete.

Der Gang ins Unbekannte

Zurück am Trainingsplatz standen die vier nun vor dem freigelegten Eingang.

„Also, ich wette, dieser Tunnel war mal größer," murmelte Tommek und sah sich den leicht eingestürzten Bereich an.

Camy nickte. „Ja, da war mehr. Vielleicht wurde er absichtlich versiegelt."

Kira schritt an ihnen vorbei, kniete sich hin und betrachtete die Stelle genauer. Sie strich mit den Fingern über den alten Stein und die verblassten Runen, während Nyx neben ihr stand und den Tunnel aufmerksam beschnupperte.

„Alte Bauweise. Ich hab sowas schon mal in alten Aufzeichnungen gesehen," sagte Kira. „Definitiv Kashari-Herkunft."

„Dann sind wir hier richtig," sagte Camy aufgeregt.

Sie traten vorsichtig ein. Der Tunnel war kühl und feucht, doch an den Wänden glommen uralte Kristall Lampen, die einen schwachen Lichtschein warfen. Es schien, als hätten sie sich niemals vollständig gelöscht.

Camy ließ die Finger über eine der Wände gleiten. Gravuren. Symbole. Kashari-Schriftzeichen.

„Seht euch das an..." murmelte er.

Nyx schnüffelte weiter, seine Ohren spitzten sich. Dann hob er ruckartig den Kopf und fixierte das Ende des Ganges.

Die Gruppe folgte seinem Blick – dort war eine massive Steintür.

Tommek runzelte die Stirn und trat näher. „Hm. Kein Griff, kein Hebel, kein Schlüssel – nichts." Er klopfte mit der Faust dagegen. „Steinhart."

Kira ließ ihren Blick an den Wänden entlangwandern. „Die Runen... seht ihr das?"

Um die Tür herum waren sieben Symbole eingraviert, jedes mit einer leicht erhabenen Oberfläche. Und unter jedem dieser Symbole waren sieben verschiedenfarbige Steine eingelassen – eine Farbe für jedes Volk der Kashari.

Camy rieb sich das Kinn. „Also gut... wenn das hier mit den Völkern zu tun hat, dann heißt das... wir müssen die richtigen Kombinationen finden?"

„Klingt logisch," bestätigte Kira.

Tommek lehnte sich näher zur Tür. „Hm. Wenn's nach mir ginge, würd ich's mit Gewalt probieren."

„Nein!" rief Camy hastig. „Das hier ist Magie. Wenn du einfach mit dem Hammer draufhaust, fliegen wir vielleicht alle in die Luft."

Tommek zog seine Pfote zurück. „Okay, okay. Dann mach du den magischen Kram."

Camy atmete tief durch. Er wusste, dass seine Druiden Kräfte noch nicht perfekt waren, aber das hier war die perfekte Gelegenheit, etwas Neues zu lernen.

Er legte eine Pfote auf die erste Rune und konzentrierte sich.

Plötzlich flackerte das Licht der Kristalllampen. Eine schwache Resonanz vibrierte durch den Raum, als Camys Magie mit dem alten Mechanismus in Kontakt trat.

„Ich spüre etwas..." murmelte er.

Tommek rieb sich den Magen. „Ich auch ich hab Hunger."

Camy schüttelte grinsend den Kopf.

Kira trat einen Schritt zurück und beobachtete genau. „Vielleicht musst du die Farben den richtigen Runen zuordnen? Es wäre logisch."

Camy nickte. Dann schloss er die Augen und versuchte, sich auf den Fluss der Magie zu konzentrieren.

Seine Pfote wanderte von einer Rune zur anderen. Ein sanftes Leuchten entstand unter seinen Fingerspitzen, als er nacheinander über die Steine fuhr.

Dann geschah es.

Einer der Steine begann zu glühen und Camy spürte, wie ein Muster in seinem Geist entstand. Die Verbindung zwischen Rune und Farbe.

Er berührte die richtige Kombination und plötzlich erhellte sich der Raum.

Die Luft vibrierte, als eine unsichtbare Kraft durch die uralten Gravuren floss. Die Tür begann zu zittern.

Staub rieselte von der Decke.

Camy trat zurück. „Ich glaube, das war's…"

Mit einem tiefen, hallenden Dröhnen öffnete sich der Zugang.

Hinter der Tür lag absolute Dunkelheit. Und der Luftzug, der ihnen entgegen wehte, roch nach alter, längst vergessener Zeit.

Kira nahm einen tiefen Atemzug. „Na dann… lasst uns sehen, was hinter dieser Tür verborgen liegt."

Die Wächter der Katakomben

Hinter der massiven Tür offenbarte sich ein dunkler, schmaler Gang, der sich in ein weitläufiges Netzwerk aus gewundenen Korridoren erstreckte. Der Raum war kühl, die Luft schwer und von einem leichten, metallischen Geruch durchzogen. Alte Fackelhalter säumten die Wände, und in einigen von ihnen steckten noch halb verfallene Stummel längst erloschener Fackeln.

Camy trat vor und hielt seine Pfote über eine der neuen Fackeln. Ein sanfter Funke sprang von seinen Fingerspitzen über, entzündete die trockene Stoff

Wicklung, und innerhalb weniger Sekunden leuchtete das warme Flackern einer lebendigen Flamme durch den Raum. Tommek und Kira nahmen sich ebenfalls eine Fackel, während Nyx sich dicht an Kiras Seite hielt, seine Ohren aufgestellt und in jede Richtung lauschend.

„Also gut", murmelte Tommek und hielt die Fackel hoch. „Gehen wir rein."

Die vier begannen, den Gang vorsichtig entlangzugehen. Die Stille war bedrückend, nur ihre eigenen Schritte hallten durch die Korridore. Doch dann ein leises Kratzen. Fast unmerklich, aber rhythmisch, schabend.

Nyx blieb ruckartig stehen, seine Ohren zuckten. Dann begann er leise zu knurren.

„Was ist los?" fragte Kira leise und folgte seinem Blick.

Das Kratzen wurde lauter. Es kam aus den Wänden.

Plötzlich ein schwirrendes Geräusch, als etwas aus einem der dunklen Löcher in der Steinwand hervorschoss. Eine glänzende, violett leuchtende Kreatur, kaum größer als eine Handfläche, mit einem panzer artigen Körper, flirrenden Flügeln und mehreren zuckenden Beinchen. Ihre Facettenaugen glühten in einem mystischen Licht, und um sie herum knisterte eine elektrische Ladung.

„Käfer?" fragte Camy skeptisch, während der erste von ihnen durch die Luft summte.

Dann kam ein zweiter. Ein dritter. Fünf. Zehn. Dutzende.

Die Wände waren durchzogen von kleinen, runden Löchern, aus denen immer mehr dieser seltsamen Kreaturen krochen. Sie schienen keine aggressiven Raubtiere zu sein, aber die Art, wie sie in der Luft sirrten und kleine Funkenstöße um ihre Körper tanzten, ließ erahnen, dass sie keineswegs harmlos waren.

Nyx sprang nach vorne und schnappte reflexartig nach einem der Käfer.

ZAPP!

Ein blitzartiger Schlag fuhr durch seinen Körper. Seine Haare stellten sich schlagartig auf, und mit einem erschrockenen Winseln sprang er zurück, schüttelte sich und sah Kira mit weit aufgerissenen Augen an.

Tommek lachte. „Na, war das lecker?"

Nyx blinzelte, fauchte einmal beleidigt und setzte sich hin ganz so, als wolle er sagen: *Das war ein Test. Ich wollte nur wissen, wie sie schmecken.*

Doch dann wurden die Käfer aggressiver.

Ein Schwarm von ihnen flog plötzlich auf Camy zu, sirrte in einem wilden Tanz um ihn herum. Einer berührte seinen Arm ein scharfer Stich aus Elektrizität ließ ihn aufkeuchen.

„Verdammt! Die Dinger sind kleine lebendige Schockfallen!" rief er und wich zurück.

Tommek schwang seine Fackel und versuchte, einige der Käfer zu verscheuchen.

„Was machen wir jetzt? Sie kommen aus den Wänden wir können nicht einfach draufhauen!"

Kira spannte ihren Bogen. „Vielleicht sollten wir sie gar nicht bekämpfen. Es ist eine magische Verteidigung vielleicht gibt es einen anderen Weg, sie zu umgehen."

Camy rieb sich den Arm, den der Käfer getroffen hatte. „Na schön... Dann finden wir heraus, wie wir hier durchkommen, ohne einen Kurzschluss zu kriegen."

Die Käfer umkreisten sie weiter, ihre leuchtenden Körper zuckten wie Glühwürmchen durch die Luft. Die vier Freunde standen nun vor einer neuen Herausforderung einem uralten, magischen Schutzmechanismus, der ihre Entschlossenheit auf die Probe stellte.

Das Chaos in den Katakomben

Camy hob die Pfoten, konzentrierte sich und versuchte, die magischen Käfer mit seiner Naturmagie zu beruhigen. Er schloss die Augen, spürte das Flirren der Energie in der Luft und sandte eine sanfte Welle seiner eigenen Magie aus, um die Wesen zu besänftigen.

Für einen kurzen Moment schienen sie zu verharren, ihre leuchtenden Körper zuckten verwirrt – doch dann geschah das Gegenteil von dem, was er erwartet hatte.

Die gesamte Käferschar drehte sich synchron zu ihm um.

Ihre Augen begannen noch heller zu leuchten, und mit einem schrillen Summen stürzten sie sich geschlossen auf ihn.

„Äh… das war nicht der Plan!" rief Camy entsetzt und rannte los.

Er wirbelte durch die labyrinthartigen Gänge, seine Fackel in einer Pfote, während die Käfer in einer vibrierenden Wolke hinter ihm her jagten. Ihr Summen war nun ein unheilvolles Dröhnen, das in den engen Korridoren widerhallte.

„Nicht in meine Richtung! NICHT IN MEINE RICHTUNG!" rief Tommek und wich einer kleinen Gruppe Käfer aus, die sich von der Hauptverfolgung löste.

Kira reagierte blitzschnell. Sie zog einen Pfeil aus ihrem Köcher, spannte den Bogen und zielte genau auf die Käfer, die Camy am nächsten waren. Ihr Schuss war präzise ein Käfer platzte in einem Funken aus violettem Licht.

„Versuch, in eine offene Stelle zu laufen!" rief sie.

„Ja, super Idee, WO genau soll die sein?!" keuchte Camy, während er versuchte, die rutschigen Steinböden nicht zu verfehlen.

Tommek, der immer noch auf der Suche nach einer Lösung war, ließ seinen Blick über die Wände schweifen, während er mit seinem Hammer immer wieder auf neue Käfer einschlug, die aus den Löchern krochen. Er bemerkte einen Spalt in der Wand ein feiner Riss, der sich über eine große Steintafel zog. Doch das war nicht alles.

Ein sanftes Leuchten drang hinter der Tafel hervor.

„Was haben wir denn da?" murmelte er und trat näher.

Er schlug mit seinem Hammer gezielt gegen die Kante der Wandtafel, die unter lautem Knirschen nachgab. Dahinter kam ein Hohlraum zum Vorschein darin befanden sich mehrere schimmernde Kristalle, die in einem feinen Netzwerk aus magischen Linien eingebettet waren.

„Sieht aus, als würde das hier leuchten…" murmelte er, zog die Kristalle vorsichtig aus der Halterung und hielt sie in der Pfote.

Plötzlich fiel die gesamte Käferschwarm in einem einzigen Moment leblos zu Boden.

Camy kam mit einem Hechtsprung um die Ecke gerannt, stolperte über seine eigenen Füße und landete unsanft auf dem Boden. Erst nach ein paar hektischen Atemzügen realisierte er, dass die Gefahr verschwunden war.

„Hä?" Er blinzelte verwirrt.

Kira trat an einen der Käfer heran, der nun völlig regungslos auf dem Boden lag. Sie hob ihn vorsichtig auf.

„Ohne Energie seid ihr gar nicht mehr so nervig", brummte Tommek und wog einen der leblosen Käfer in seiner Pfote.

Die einst leuchtenden Insekten waren nun völlig durchsichtig. Ihr schimmerndes, kristallines Äußeres funkelte schwach im Schein der Fackeln, als wären sie aus reinem Glas gefertigt.

Kira betrachtete sie interessiert. „Eigentlich sehen sie ganz hübsch aus."

Camy kratzte sich am kopf, während er sich wieder aufrichtete. „Also gut, Rätsel gelöst.

Er strich mit den Fingern über die glatten Oberflächen der Steine, spürte, wie eine schwache Magie noch in ihnen pulsierte.

Doch eines war klar: Wenn diese Kristalle den Käfern ihre Kraft gaben, welche weiteren Geheimnisse verbargen sich noch in den Tiefen dieses uralten Labyrinths?

Der Weg durch die Schatten

Die vier standen eine Weile zwischen den kargen, labyrinthartigen Gängen und versuchten, einen Anhaltspunkt zu finden. Die Wände schienen sich endlos zu wiederholen, und obwohl sie bereits mehrere Gänge erkundet hatten, wirkte alles gleich.

Camy runzelte die Stirn. „Okay, so langsam wird das hier wirklich knifflig…"

„Ja, und so langsam wird es auch nervig," brummte Tommek, als er sich gegen eine der kalten Steinwände lehnte.

„Vielleicht sollten wir markieren, wo wir schon waren?" schlug Camy vor.

Kira schüttelte den Kopf. „Nein… warte. Ich will etwas ausprobieren."

Sie atmete tief durch, schloss die Augen und konzentrierte sich.

Spuren.

Sie hatte oft Fährten gelesen – Spuren im Moos, zerbrochene Zweige, leichte Abdrücke im Boden. Doch hier, in den kühlen Stein Tunneln, war es anders. Keine Erde, kein Gras, kein Wind, der verriet, wer hier entlang gegangen war.

Doch sie wusste, dass selbst Steine Geschichten erzählen konnten.

Hier mussten irgendwann Wesen entlang gegangen sein. Sie mussten eine Route gehabt haben.

Langsam schärfte sie ihre Sinne, versuchte, kleinste Veränderungen in der Umgebung wahrzunehmen – Unebenheiten im Boden, winzige Kratzer an den Wänden, Staub, der sich in eine Richtung zu bewegen schien.

Und dann… spürte sie es.

Ohne ein weiteres Wort öffnete sie die Augen – nicht wirklich sehend, sondern mit einem inneren Gefühl für den richtigen Pfad.

„Kommt mit," sagte sie bestimmt und setzte sich in Bewegung.

Camy und Tommek warfen sich einen kurzen Blick zu und folgten ihr neugierig.

Sie bog um die erste Ecke, dann um die zweite, führte sie durch einen langen, dunklen Gang, dann um eine weitere Ecke.

Tommek kratzte sich am Kopf. „Wie macht sie das?"

„Pssscht! Stör sie nicht," zischte Camy. „Sonst läuft sie gegen"

„Autsch!"

Kira war geradewegs gegen eine Wand gelaufen.

Sie rieb sich mit schmerzverzerrtem Gesicht die Stirn und murmelte: „Mist. Aber ich hab da was gespürt..."

Camy musste sich das Lachen verkneifen. Tommek grinste. „Also funktioniert's nicht perfekt."

„Ich versuche es noch einmal," sagte Kira entschlossen und schloss wieder die Augen.

Diesmal bewegte sie sich noch vorsichtiger, ihre Finger tasteten leicht über die Wände, während sie erneut durch die Gänge schritt. Ihre Sinne schärften sich, und ihre Wahrnehmung von Richtungen, Resonanzen und Luftströmungen wurde feiner.

Camy und Tommek folgten ihr aufmerksam.

Sie führte sie durch einen langen Korridor, dann eine scharfe Biegung, dann noch eine.

Diesmal kein Zusammenstoß.

Kira wurde schneller, sicherer die drei folgten ihr mit wachsender Faszination.

„Das ist beeindruckend," flüsterte Camy.

„Ich weiß," grinste Tommek.

Der Gang öffnete sich schließlich zu einer riesigen Halle. Und dort, am Ende des Raumes, ragte eine massive Tür auf.

Sie war gewaltig mindestens fünf Meter hoch und breit genug, dass ein Wagen hindurchpassen könnte.

Links und rechts waren riesige Zahnräder eingelassen, und in der Mitte prangte ein großes Dreh Rad, ähnlich einer Tresortür.

Die drei blieben davor stehen, Kira legte die Pfote auf die Tür und spürte eine schwache Energie, die sich wie ein Echo durch das Metall zog.

Camy trat näher. „Das ist definitiv ein Mechanismus… aber was treibt ihn an?"

Tommek knirschte mit den Zähnen. „Ich wette, wir müssen das große Rad drehen. Irgendwelche Wetten, dass das nicht einfach wird?"

Kira warf ihm einen kurzen Blick zu und sagte nur: „Definitiv."

Die Tür zum Unbekannten

Tommek verschränkte die Arme vor der Brust und pfiff anerkennend. „Also DAS nenne ich mal eine Tür! Nicht so ein magischer Schnickschnack… das hier ist robuste, ehrliche Mechanik!"

Er trat vor und rieb sich die Pfoten. „Lasst mich mal sehen. Das ist genau mein Ding."

Mit einem selbstbewussten Grinsen packte er das große Dreh-Rad in der Mitte der Tür mit beiden Pfoten. Er spannte seine Muskeln an, zog mit aller Kraft und knurrte leise, als sich das Rad keinen Millimeter bewegte.

„Hmpf…" Tommek machte einen zweiten Versuch, diesmal mit noch mehr Kraft. Seine Arme zitterten vor Anstrengung, aber das Rad blieb, wo es war.

Kira kicherte leise. „Kraft ist eben doch nicht alles."

Tommek warf ihr einen gespielt beleidigten Blick zu. „Lass mich raten: Du hast eine bessere Idee?"

Camy trat an die Seite der Tür und musterte die massiven Zahnräder. „Vielleicht ist sie einfach noch verriegelt. Wenn sie so alt ist, dann gibt es bestimmt ein Sicherheitsmechanismus, den wir erst lösen müssen."

Die drei begannen, die Tür und ihre Umgebung genauer zu untersuchen.

Tommek leuchtete mit seiner Fackel in eine dunkle Ecke und entdeckte eine kleine, eingelassene Wandtafel ähnlich der, die er schon vorher geöffnet hatte.

„Ha! Ich wusste doch, dass da noch was ist!" Er zog die Tafel auf und entdeckte dahinter eine Kammer mit alten Energie Kristallen. Doch sie sahen nicht gut aus ihr Licht war schwach, und feine Risse durchzogen sie.

Tommek kratzte sich nachdenklich am Kopf. „Na toll… die sind fast hinüber."

Camy runzelte die Stirn. „Hast du nicht noch die Kristalle aus dem Abwehrmechanismus? Die hatten doch noch Energie."

Tommek grinste breit, griff in seine Tasche und zog sie hervor. „Zum Glück bin ich nicht nur stark, sondern auch clever."

Er setzte die neuen Energiekristalle vorsichtig in die Kammer ein. Ein leises Summen ging durch die Wand, und ein schwaches Leuchten flackerte in den alten Mechanismen auf.

„Na bitte, das müsste doch jetzt funktionieren!" Er packte erneut das große Rad, zog kräftig und… nichts.

Camy seufzte. „Okay, also Energie haben wir jetzt… aber irgendwas blockiert immer noch die Tür."

Plötzlich begann Nyx, an einer Stelle nahe des linken Zahnrads zu schnüffeln. Seine Ohren zuckten, und er stupste leicht gegen den Metallrand.

Kira folgte seinem Blick und kniff die Augen zusammen. „Warte mal…"

Sie trat näher, leuchtete mit der Fackel in die Lücke zwischen den gewaltigen Zähnen des Zahnrads und da war er.

Ein massiver Felsbrocken hatte sich im Zahnrad verkeilt und blockierte die Mechanik.

„Tommek! Ich glaube, wir brauchen hier mal kurz deine Kraft."

Er trat neben sie und betrachtete den Brocken. „Na super. Wer schmeißt denn bitte riesige Felsen in alte Zahnräder?"

„Zeitgeister? Erdbewegungen? Wer weiß das schon…" sagte Camy und zuckte mit den Schultern.

Tommek holte einen großen Schraubenschlüssel aus seinem Gürtel und setzte ihn wie eine Hebelstange an den Stein an. Er stemmte sich dagegen, spannte alle Muskeln an und mit einem lauten KRRRRACK sprang der Brocken aus den Zahnrädern und polterte dumpf zu Boden.

Er richtete sich stolz auf, klopfte sich den Staub von den Pfoten und grinste. „So, jetzt aber!"

Er packte erneut das Rad, setzte sich mit seinem ganzen Körpergewicht dagegen und drehte.

Langsam begannen die massiven Zahnräder zu ächzen und sich zu bewegen.

Ein tiefes, vibrierendes Geräusch hallte durch die alten Gänge, als sich die Mechanik nach Jahrtausenden des Stillstands wieder in Bewegung setzte. Staub rieselte von den Wänden, das Summen der alten Energie wurde lauter.

Mit einem schweren KRRRRRKKK glitt die riesige Tür langsam auf.

Ein dunkler Raum lag dahinter. Die Luft war alt und abgestanden, durchzogen von einem modrigen Geruch nach altem Papier, Stoff und längst vergessenen Geheimnissen.

Camy trat einen Schritt nach vorne und ließ seine Fackel leuchten. „Na dann… sehen wir mal nach, was hier versteckt ist."

Kira nickte, zog ihren Bogen bereit. „Aber vorsichtig. Wir wissen nicht, was uns erwartet."

Tommek schulterte seinen Hammer. „Egal was wir hauen's kaputt, falls es uns anspringt." Nyx schnaubte leise, als würde er genau wissen, dass sie gleich etwas sehr Altes und Mysteriöses betreten würden.

Hinter der Tür lag das nächste Kapitel ihres Abenteuers.

Das geheime Archiv

Mit leisen Schritten betraten sie das gewaltige Gewölbe. Die Luft war erfüllt von einem Hauch alten Papiers, Staub und einer kaum wahrnehmbaren, uralten Energie, die in den Wänden vibrierte.

Überall ragten hohe Bücherregale auf, gespickt mit leder gebundenen Folianten und Schriftrollen.

Tische waren übersät mit Artefakten, seltsamen Werkzeugen und längst vergessenen Reliquien. Es sah aus wie ein geheimes Forschungsarchiv eine Bibliothek der Vergangenheit, in der das Wissen der alten Mönche gesammelt und bewahrt worden war.

Camy ließ seinen Blick ehrfürchtig über die endlosen Reihen von Büchern schweifen. Fasziniert strich er mit den Fingerspitzen über die Einbände, während er die Bezeichnungen entzifferte.

„Das ist verrückt… was hier alles steht!"

Sein Blick huschte von Titel zu Titel. Manche Bücher hatte er schon in der Klosterbibliothek gesehen – alte, seltene Werke. Doch diese hier? Sie wirkten noch älter, ihre Einbände waren brüchig, die Schriftzeichen darauf fremdartig.

„Und diese Runen…", murmelte er, als er über ein besonders mysteriöses Zeichen strich. „Ich habe sie noch nie gesehen."

Kira, die sich eher für praktische Dinge als für alte Bücher interessierte, war zu einem Regal gegangen, in dem sorgfältig versiegelte Behälter mit Heilpflanzen standen.

Als sie eines der getrockneten Blätter zwischen den Fingern drehte, zerfiel es fast zu Staub.

An der Wand darüber hingen detaillierte Zeichnungen von Blüten und Pflanzen medizinische Skizzen, die offenbar Rezepte für Tränke enthielten.

„Wow… die hatten damals schon einiges drauf." Kira blätterte durch einige der auf Pergament geschriebenen Anweisungen. „Hier sind Zusammensetzungen, die ich mir so noch gar nicht überlegt habe… das ist wirklich interessant."

Tommek hingegen interessierte sich weniger für alte Schriften oder Pflanzen.

Er ging zu einem der massiven Steintische, auf dem eine Reihe von Werkzeugen, Waffen und merkwürdigen Artefakten aufgereiht lag.

Zwischen ihnen erblickte er etwas Vertrautes mehrere der leblosen Käfer, die sie vorhin bekämpft hatten.

„Ach… ihr schon wieder." Er seufzte und stupste einen der Käfer mit einem Finger an. Dieser war nun nichts weiter als eine fragile, durchsichtige Kristallhülle, seines magischen Antriebs beraubt.

In der Zwischenzeit wanderte Camys Blick weiter durch die Bücherregale bis sein Blick auf ein Buch fiel, das anders war als die anderen.

Es schien zu glühen.

Ein schwaches, pulsierendes Licht schimmerte aus den Gravuren auf seinem Einband.

Langsam zog er es aus dem Regal.

Auf der Front war ein großes Kashari Emblem eingraviert, umringt von 7 Runen. Direkt darunter befand sich ein weiteres, seltsames Symbol es erinnerte an einen Schlüssel, aber mit Zahnrädern drauf.

Camy betrachtete es mit schräg gelegtem Kopf.

„Was ist das…?" murmelte er.

Es fühlte sich wichtig an nicht nur wegen seines geheimnisvollen Leuchtens, sondern weil es irgendwie… auf ihn gewartet hatte.

Das Rätsel des Artefakts

Camy hielt das geheimnisvolle Buch fest in den Pfoten und drehte sich zu Tommek um.

„Schau mal, dieses Buch… es leuchtet irgendwie."

Tommek, der immer noch vor dem Tisch mit den Artefakten stand, schaute nur kurz auf und schnaubte.

„Ich glaube, die alte Luft hier unten bekommt dir nicht gut. Hier leuchtet nix. Es ist dunkel wie in 'nem Sack."

Camy runzelte die Stirn. Für ihn war es ganz deutlich – ein schwaches, violettes Schimmern, das sich sanft über den Ledereinband zog.

„Ich schwöre, ich sehe es! Es schimmert leicht violett…"

Tommek verdrehte die Augen und wollte sich schon wieder seinen Werkzeugen zuwenden, als sein Blick auf das Cover des Buches fiel.

Seine Miene veränderte sich.

„Warte mal… das Ding hab ich doch gerade hier gesehen."

Camy blinzelte. „Was für ein Ding?"

Tommek ließ das Buch außer Acht und fing an, auf dem Tisch herum zu wühlen. Artefakte klirrten, Metall klapperte, bis er endlich fand, wonach er suchte.

„Hier, schau."

Er hielt ein kleines, metallisches Objekt in die Höhe.

Es hatte exakt dieselbe Form wie das Symbol auf dem Buch ein Schlüssel, der mit Zahnrädern besetzt war.

Camy nahm das Artefakt vorsichtig entgegen. Sobald seine Finger es berührten, spürte er eine plötzliche Wärme eine magische Energie, die tief in ihm vibrierte.

Obwohl die Luft in der Kammer kalt und abgestanden war, fühlte sich das Artefakt an, als hätte es gerade erst die Sonne gesehen.

Camy drehte es in seinen Pfoten und betrachtete das feine Muster aus Runen und Gravuren, die sich über seine Oberfläche zogen.

„Das fühlt sich… lebendig an."

Kira trat näher und betrachtete es misstrauisch. „Es sieht alt aus, aber es scheint nicht beschädigt zu sein. Vielleicht ein Schlüssel? Oder ein Siegel?"

Tommek grinste. „Wenn's ein Schlüssel ist, dann müssen wir ja nur noch das passende Schloss finden."

Irgendetwas an diesem Fund war besonders. Die Frage war nur… Wofür war es bestimmt?

Das Geheimnis des Zahnrads

Camy drehte das mysteriöse Artefakt vorsichtig in seinen Pfoten. Je länger er es betrachtete, desto mehr erkannte er, wie kompliziert sein Aufbau war.

In der Mitte befand sich ein großes Zahnrad, kunstvoll verziert mit filigranen Gravuren.
Drumherum waren sieben kleinere Zahnräder, die exakt in das große Zahnrad griffen.
Jedes dieser kleinen Zahnräder hatte eine besondere Vertiefung eine Aussparung, die wie ein Schloss wirkte.

„Sieht so aus, als würden hier Teile fehlen…" murmelte Camy nachdenklich.

Tommek trat näher und fuhr mit einem Finger über die kleinen Zahnräder.

„Hm… ohne die fehlenden Teile wird sich das Ding wohl nicht bewegen. Vielleicht sind das Einsätze? Schlüsselstücke?"

Unter den Zahnrädern prangte das Kashari-Emblem, fein in das Metall graviert. Doch auf der Rückseite entdeckte Camy etwas noch Merkwürdigeres:

Eine komplexe Metallring-Struktur, die sich offenbar drehen ließ.

Camy versuchte vorsichtig, die Ringe zu bewegen –
aber nichts rührte sich.

Eine unsichtbare, magische Kraft hielt das ganze
Konstrukt fest.

Plötzlich stand Nyx zwischen ihnen.

Ohne dass jemand es bemerkt hatte, war er lautlos
herangetreten – und hatte einen alten Stofffetzen im
Maul.

Er legte ihn vor Camys Füße ab und schnaubte leise.

Camy beugte sich hinunter. „Zeig mal her…"

Er hob das längliche Stück Stoff auf. Es war
ausgeblichen, fast zerfleddert wie ein alter Verband.

Doch als er ihn auseinander faltete, stockte ihm der
Atem.

Darauf standen sieben Namen.

Jeder Name war sorgfältig aufgestickt, begleitet von
einem feinen Symbol.

Ein Name für jedes Volk der Kashari.

Camy, Kira und Tommek sahen sich an.

„Das kann kein Zufall sein…" flüsterte Kira.

Tommek nickte langsam. „Also haben wir ein Artefakt,
das sieben fehlende Teile braucht, und ein Tuch mit

sieben Namen darauf. Ich wette, das eine hat mit dem anderen zu tun."

Nyx setzte sich neben den Tisch und beobachtete sie schweigend. Er wusste, dass sie hier etwas Großes gefunden hatten. Die Frage war nur... was genau?

Die Namen der Sieben

Camy strich mit den Fingern vorsichtig über die alten, aufgestickten Namen auf dem Stoff. Das Material war rau, ausgefranst an den Rändern doch die Schrift war noch deutlich zu erkennen.

Jeder Name war kunstvoll mit einem Symbol verziert, das zu einem der sieben Kashari Völker passte:

Sadim Wera – Ein stilisiertes Zahnrad, das Technik und Fortschritt symbolisierte.
Kero Padu – Eine elegante Feder, Sinnbild für Wissen, Magie und Präzision.
Mura Fex – Eine geschwungene Flamme, die für Anpassungsfähigkeit und Überlebenskraft stand.
Tanit Paron – Ein filigranes Blatt, verwoben mit Myzel, das Heilkunst und Natur repräsentierte.
Belor Bisar – Ein schimmernder Eiskristall, Symbol für Ausdauer und unerschütterliche Stärke.
Jamin Lera – Ein Wirbel aus Luftströmungen, der die Verbindung zum Wind und den Bergen zeigte.
Garon Kora – Ein massiver Monolith, Sinnbild für Standhaftigkeit und das unerschütterliche Fundament der Welt.

Camy las die Namen leise vor, einer nach dem anderen.

„Sadim Wera… Kero Padu… Mura Fex… Tanit Paron… Belor Bisar… Jamin Lera… Garon Kora…"

Die Luft im Raum schien plötzlich schwerer zu werden.

Kira runzelte die Stirn. „Das sind keine gewöhnlichen Namen."

Tommek verschränkte die Arme. „Denke ich auch nicht. Das sind Namen von irgendwem Wichtigem… vielleicht Anführer? Wächter? Erbauer dieser Kammer?"

Camy blickte wieder auf das Artefakt mit den sieben Zahnrädern.

„Was auch immer es ist… ich glaube, wir sind dem Rätsel auf der Spur."

Der Fund und die Entscheidung

Camy drehte das Stoffstück in den Pfoten, betrachtete die Namen erneut und sah dann zu seinen Freunden. „Habt ihr von diesen Namen schon mal gehört?" fragte er nachdenklich.

Kira und Tommek schüttelten gleichzeitig den Kopf.

„Nie gehört," meinte Tommek stirnrunzelnd. „Und dieser Ort… auch seltsam."

Nyx knurrte leise und schielte misstrauisch zu den dunklen Ecken des Raumes. Seine Ohren zuckten, als wäre er sich nicht sicher, ob er bleiben oder lieber gehen wollte.

Kira strich mit der Pfote über das Buch, das Camy gefunden hatte. „Ich denke, wir sollten all das mitnehmen. Das Buch, das komische Zahnrad-Ding und die Liste hier. Tumin könnte vielleicht etwas damit anfangen. Er studiert doch solche alten Sachen."

„Das klingt gut," nickte Camy.

„Und dann gibt's endlich was zu essen!" fügte Tommek begeistert hinzu.

Kira verdrehte die Augen. „Ach Tommek…"

„Was denn?" verteidigte er sich. „Das Türöffnen und Käfer platt hauen hat Kraft gekostet! Die muss ja irgendwo herkommen."

Camy und Kira lachten nur und begannen, die Fundstücke sorgfältig in ihre Taschen zu verstauen. Als alles verstaut war, verließen sie das Gewölbe, traten zurück in die alten, labyrinthartigen Gänge und machten sich auf den Weg zurück an die Oberfläche.

Ein kalter Luftzug streifte ihre Gesichter, als ob der unterirdische Komplex sich von ihnen verabschieden würde.

Der Wächter des vergessenen Wissens

Die gewaltigen Tore der Stadtbibliothek schwangen mit einem dumpfen Grollen auf. Ein Hauch von altem Papier, Tinte und Geschichte strömte der Gruppe entgegen, als sie die ehrwürdige Halle betraten. Regale, die sich bis zur Decke erstreckten, hielten Wissen aus vergangenen Zeitaltern in sich verborgen. Die hohen Fenster tauchten den Saal in ein sanft goldenes Licht, das durch die schwebenden Staubpartikel tanzte.

Zwischen den unzähligen Büchern, Schriftrollen und Artefakten saß ein alter, hellblauer Kashari an einem massiven Tisch.

Tumin Bisar, der Runenmeister und Hüter der Bibliothek, hatte ein Buch vor sich aufgeschlagen, doch sein Blick lag in weiter Ferne als würde er gerade mit einem längst vergangenen Geist sprechen.

Er wirkte auf den ersten Blick wie ein alter, leicht zerzauster Mönch mit seiner weiten, hellblauen Robe, in die silberne Runen eingestickt waren. Doch hinter dem sanften Glanz seiner silber blauen Augen verbarg sich mehr, Jahrhunderte altes Wissen, ein scharfer Verstand und eine Präsenz, die nicht laut, sondern leise beeindruckte.

Tumin Bisar war kein gewöhnlicher Kashari. Als Runenmeister und Gelehrter des fernen Bisar-Klosters hatte er Dinge gesehen, die längst im Staub der Geschichte verloren schienen und er hatte beschlossen, sie nicht ruhen zu lassen.

Er sprach selten, aber wenn er es tat, schien selbst der Wind zu lauschen. Seine Worte trugen Gewicht, seine Gedanken griffen tiefer als die Oberfläche, und sein Blick schien selbst durch die Zeit zu reichen. Zwischen Büchern und uralten Pergamenten lebte ein Fuchs, der mehr über die Geheimnisse von Thariis wusste als jeder andere aber nur so viel davon preisgab, wie notwendig war.

Er war kein Krieger, doch jeder, der ihn unterschätzte, lernte schnell, dass Wissen mächtiger sein konnte als jedes Schwert.

Als er das Geräusch ihrer Schritte vernahm, hob er langsam den Kopf. Seine silber blauen Augen musterten sie ruhig, doch als sein Blick auf Camy fiel, verengten sich seine Pupillen leicht er hatte bereits gespürt, dass sie nicht mit leeren Pfoten gekommen waren.

„Camy... Kira... Tommek... Nyx." Er nickte jedem von ihnen zu. „Was führt euch in das Reich des geschriebenen Wissens?"

Camy trat vor, hielt einen Moment inne und zog dann das Buch aus seiner Tasche. Seine Stirn legte sich in Falten, als er es entgegennahm. Er ließ seine Finger über das Cover gleiten, spürte die alte Magie, die darin eingewoben war.

„Hm..." machte er nachdenklich und schlug das Buch vorsichtig auf. Seine Augen huschten über die Runen auf den ersten Seiten, während seine rechte Pfote ganz leicht über die Worte schwebte, als könnte er sie ertasten.

Doch dann hielt Camy noch etwas hervor.

Das Artefakt.

Ein schlüsselartiges Konstrukt aus Metall mit einem großen Zahnrad umgeben von sieben kleinen Zahnrädern. Es strahlt eine seltsame Wärme aus.

Tumin sah es und erstarrte.

Seine Pfote, die gerade noch ruhig über die Runen glitt, zuckte zurück. Dann schlug er das Buch hastig zu.

„Wo... habt ihr das her?" Seine Stimme klang ruhig, doch es lag eine plötzliche Anspannung in ihr. Sein Blick flog durch die Bibliothek, als prüfe er, ob jemand lauschte.

Camy schluckte. „Wir... haben es gefunden. Unter unserem Trainingsplatz. Wir dachten..."

Tumin erhob sich ruckartig, packte das Buch und das Artefakt und trat nah an Camy heran. Sein Blick war eindringlich, sein sonst so ruhiger Ausdruck wirkte fast alarmiert.

„Das… sollte nicht hier sein." Er senkte die Stimme. „Es ist viel zu mächtig."

Tommek und Kira warfen sich einen kurzen Blick zu, während Nyx leise schnaufte.

„Ich habe dieses Symbol schon einmal gesehen… in den ältesten Schriften des Klosters," fuhr Tumin fort. „Wenn das wirklich das ist, was ich denke… dann habt ihr nicht nur einen Schlüssel gefunden, sondern eine Bürde. Und eine Tür, die niemals hätte geöffnet werden dürfen."

Er atmete tief durch und sah sich erneut um. Dann beugte er sich näher zu ihnen, sprach mit gedämpfter Stimme:

„Das hier ist nicht der richtige Ort, um darüber zu reden. Kommt mit."

Mit einem schnellen Griff zog er seine Robe enger um sich, schnappte sich das Buch und das Artefakt und bedeutete ihnen, ihm zu folgen.

Etwas in seinem Ton machte klar:
Dies war kein gewöhnlicher Fund.

Dies war ein Mysterium, das die Vergangenheit und vielleicht die Zukunft von Thariis verändern konnte.

Das Archivarium der Geheimnisse

Tumin führte die Gruppe durch ein Seitentor der Bibliothek, fernab der großen Hallen, in denen das Wissen der Welt offen zugänglich war. Hier, in den stillen Schatten der alten Mauern, lag ein Raum, den nur wenige je betreten hatten das Archivarium.

Der Geruch von uraltem Pergament, getrockneten Kräutern und brennenden Räucher Stäbchen erfüllte den Raum. Hölzerne Regale, gefüllt mit vergilbten Schriften und kunstvoll gebundenen Kodizes, reihten sich entlang der Wände, während auf schweren Podesten mysteriöse Artefakte ruhten jedes ein Fragment der Vergangenheit, jedes ein Geheimnis, das darauf wartete, entschlüsselt zu werden.

„Bleibt hier," sagte Tumin leise und trat an seinen gewaltigen Schreibtisch in der Ecke des Raumes.

Das Möbelstück war aus dunklem, gealtertem Holz gefertigt, massiv und mit kunstvollen Gravuren versehen. Links und rechts ruhten zwei breite Säulen als stützende Pfeiler doch während es für Uneingeweihte wie ein gewöhnlicher Tisch wirkte, wusste Tumin genau, wo sich das eigentliche Wissen verbarg.

Er ließ seine Finger über das polierte Holz gleiten, tastete nach einer unscheinbaren Stelle an der linken Säule und drückte.

Ein leises Klicken erklang.

Plötzlich fuhr eine verborgene Lade aus der Säule hervor. Im Dämmerlicht konnte Kira erkennen, dass sich darin mehrere in Leder gebundene Bücher befanden sorgfältig gestapelt, als würden sie auf diesen Moment warten.

Tumin griff gezielt nach einem von ihnen. Der Einband war tiefblau, fast schwarz, und mit silbernen Runen verziert, die im Licht des Archivariums sanft schimmerten.

Er schob die Lade wieder zu, ließ das Geheimfach verschwinden, als hätte es nie existiert, und kehrte mit dem Buch zu seinem Schreibtisch zurück.

Mit ernster Miene schlug er es auf und begann, darin zu blättern. Seine Finger glitten über die Seiten, während er leise vor sich hin murmelte:

„Es muss hier irgendwo sein… ich weiß, dass ich es hier gelesen habe…"

Die Gruppe beobachtete ihn gespannt.

Dann hielt er plötzlich inne. Seine Augen verengten sich, als er auf eine Passage starrte.

„Dieses Ding… sollte nicht hier sein." Seine Stimme war gedämpft, aber voller Nachdruck.

Tommek, der bis zu diesem Moment geduldig gewartet hatte, schnaubte belustigt und stemmte die Arme in die Hüften.

„Ja, das hast du jetzt schon ein paar Mal gesagt. Aber was macht es denn so mächtig?" Er nahm das schlüsselartige Artefakt aus Camys Pfoten, hielt es hoch und drehte es nachdenklich. „Ehrlich gesagt sieht das für mich nicht gerade gefährlich aus. Es klappert nicht mal die Zahnräder sitzen fest. Vielleicht braucht es einfach ein bisschen Fett, damit es wieder funktioniert."

Kira schmunzelte, aber Tumin sah nicht so aus, als fände er Tommeks Humor passend.

Camy nahm das Artefakt zurück und betrachtete es erneut.

„Ist es… ein Schlüssel?" fragte er.

Tumin sah ihn lange an, bevor er leise antwortete:

„Vielleicht. Aber nicht für eine Tür, wie du sie dir vorstellst."

Er legte eine Pfote auf das alte Buch und seufzte schwer.

„Ich weiß es selbst nicht genau. Ich habe dieses Symbol schon einmal gesehen… aber nur hier, in diesem Buch. Und dieses Buch ist alt. Sehr alt. Es enthält Wissen, das noch nicht bereit ist, ans Licht zu kommen."

Er schloss das Buch vorsichtig, als wolle er verhindern, dass auch nur ein einziges Wort davon unkontrolliert entweichen könnte.

Die Stille, die darauf folgte, war schwer.

Was immer sie hier gefunden hatten es war keine einfache Entdeckung. Es war ein Geheimnis, das vielleicht besser hätte verborgen bleiben sollen.

Doch jetzt war es zu spät.

Sie hatten den ersten Schritt in ein Mysterium gesetzt, dessen Bedeutung noch weit über ihren Verstand hinausging.

Fragmente der Vergangenheit

Tumin ließ sich schwer in seinen alten Holzstuhl sinken und fuhr mit der Pfote über die vergilbten Seiten des Buches. Der Einband fühlte sich rau unter seinen Fingern an, als hätte das Wissen darin Jahrtausende überdauert, wartend auf diesen Moment.

Er blätterte vorsichtig weiter, bis sein Blick auf eine Seite fiel. Seine Ohren zuckten.

„Hier ist es," murmelte er und drehte das Buch so, dass die anderen es sehen konnten.

Auf der Seite war eine detaillierte Skizze abgebildet das Artefakt, das Camy in den Pfoten hielt, gezeichnet mit akribischer Genauigkeit. Um die Zeichnung herum waren seltsame Schriftzeichen, geschrieben in einem uralten Dialekt, der mit der Zeit fast verblasst war.

Camy beugte sich neugierig vor und fuhr mit der Kralle über die feinen Buchstaben. „Kannst du das lesen?"

Tumin musterte die Inschrift, sein Blick wanderte über die fremdartigen Zeichen. Er seufzte leise.

„Ich beschäftige mich schon sehr lange mit alten Schriften... aber dieser Dialekt ist extrem alt." Seine silber blauen Augen verengten sich. „Ich kann nur einige wenige Wörter entziffern."

Er deutete auf die Begriffe, die er identifizieren konnte.

„Hier… das Wort Wald. Und hier… Energie. Und irgendetwas über Samek-Kristalle…"

Tommek runzelte die Stirn. „Samek-Kristalle? Ja gut, die kennt doch jeder. Was haben die mit diesem alten Ding hier zu tun?"

Kira nickte zustimmend. „Die Mönche benutzen sie in ihren Ritualen, in der Hauptstadt werden sie als Energieleiter eingesetzt selbst für Lichtquellen nutzt man sie. Aber in einem uralten Text über ein verlorenes Artefakt?"

Camy drehte das mechanische Konstrukt in seiner Pfote, betrachtete die feinen Einkerbungen, die genau sieben kleine Zahnräder um das große Rad formten.

„Meinst du, die fehlenden Teile…"

Tumin nickte langsam. „Es wäre naheliegend. Sieben Zahnräder sieben Kashari Völker sieben Namen auf dem Stofffetzen."

Er griff vorsichtig nach dem Stoffstück, das Kira ihm übergeben hatte, und ließ seinen Finger über die Namen gleiten.

„Sadim Wera, Kero Padu, Mura Fex, Tanit Paron, Belor Bisar, Jamin Lora, Garon Kora…"

Seine Augen verengten sich, als er bei einem bestimmten Namen innehielt.

„Belor Bisar…"

Er sagte es langsam, als würde er den Klang prüfen. Dann hob er den Kopf, ein Ausdruck von unerwarteter Erkenntnis in seinen Zügen.

„Ich kenne diesen Namen."

Camy spitzte die Ohren. „Du kennst ihn? Wer ist das?"

Tumin legte die Pfote auf den Stoff und seufzte. „Er war einer meiner Vorfahren. Ein Runenmeister, genau wie ich. Doch er ist lange fort. Nach den alten Aufzeichnungen hat er sich auf einem fernen Planeten zur Ruhe gesetzt… wo, das weiß ich nicht genau. Aber vielleicht finde ich den Namen des Planeten in meinen Archiven."

Tommek schnaubte. „Jetzt haben wir ein uraltes Artefakt, ein Buch, das es eigentlich nicht geben sollte, eine Liste mit alten Namen und jetzt auch noch Samek Kristalle. Klingt nach verdammt viel Arbeit."

Camy grinste. „Klingt nach verdammt viel Abenteuer."

Nyx bellte einmal laut, sein Schweif zuckte aufgeregt. Als wollte er sagen: Worauf wartet ihr noch?

Und so begann ihre nächste Reise eine Spurensuche, die sie weiter als je zuvor führen würde.

Das vergessene Ziel – Kal'Tharun

Tumin verstärkte den Gürtel um seine Robe und begann, einige seiner wichtigsten Schriften und Notizen sorgfältig zusammenzulegen. Seine silber blauen Augen wirkten konzentriert, doch wer ihn kannte, sah das Funkeln darin die Vorfreude auf eine neue Entdeckung.

„Kommt mit zu meiner Hütte. Meine Familienaufzeichnungen sind nicht hier in der Bibliothek, sondern bei mir zu Hause."

Ohne zu zögern folgten Camy, Kira, Tommek und Nyx dem alten Runenmeister durch die schmalen Gassen der Stadt. Die Nachmittagssonne tauchte die Dächer in ein tiefes Orange, während sie den Rand des belebten Viertels erreichten.

Tumins Zuhause lag etwas abseits eine bescheidene, aber gemütliche Hütte aus dunklem Holz, geschmückt mit alten Wandteppichen und verzierten Schriftrollen. Das Innere war voller Bücherregale, auf denen sich alte Dokumente, Schriftrollen und versiegelte Briefe stapelten. An den Wänden hingen mystische Runentafeln, die sanft im Kerzenschein schimmerten.

Tumin trat an eine große, verschlossene Truhe in der Ecke seines Arbeitsbereiches und öffnete sie mit einem sanften, beinahe rituellen Griff. Darin lagen zahlreiche versiegelte Pergamente alte Familienaufzeichnungen, die nur selten das Licht der Welt erblickten.

Er zog eine der Schriftrollen heraus, entrollte sie langsam und ließ mit ruhiger Stimme seine Finger über die Namen gleiten.

„Belor Bisar... da ist er."

Die Gruppe rückte näher.

„Er war der Vater meiner Mutter." Tumin lehnte sich zurück und seufzte leise. „Er hat einen Großteil seines Lebens in der Hauptstadt des Bisarum-Eisfelds verbracht. Doch aus irgendeinem Grund ist er fortgegangen... und hat Thariis verlassen."

Camy spitzte die Ohren. „Warum sollte er das tun?"

Tumin schüttelte nachdenklich den Kopf. „Das ist unklar. Aber hier..." Er zeigte auf eine Zeile, in der der Name Kal'Tharun war.

„Hier steht, dass er nach Kal'Tharun gereist ist und sich dort zur Ruhe gesetzt hat."

Ein Moment der Stille legte sich über den Raum.

Kira runzelte die Stirn. „Kennt jemand diesen Planeten?"

Die Gruppe sah sich gegenseitig an und schüttelte synchron die Köpfe.

„Noch nie gehört." Camy kratzte sich am Kopf. „Vielleicht ist er in alten Karten verzeichnet, aber mir sagt der Name gar nichts."

Tommek verschränkte die Arme. „Ich weiß, wer uns da helfen könnte."

Die anderen sahen ihn neugierig an. „Captain Temor Paron. Ein erfahrener Chahluoh-Führer. Wenn jemand das Universum kennt, dann er." Nyx bellte leise, als würde er zustimmen.

Tommek seufzte theatralisch und schüttelte grinsend den Kopf. „Eigentlich habe ich ja gerade Landurlaub… aber das hier artet schon wieder in Arbeit aus. Naja klingt immerhin nach einem Abenteuer."

Camy grinste breit. „Dann los auf zu den Chahluoh Plätzen an der Küste!" Mit neuen Fragen, einem alten Namen und einem fremden Planeten vor Augen begaben sich die vier auf den nächsten Abschnitt ihrer Reise.

Die Reise mit den Geggons

Der Shuttle Platz summte vor Leben. Reisende kamen und gingen, Händler riefen ihre letzten Angebote aus, während das tiefe, vibrierende Summen der Geggons durch die Luft drang.

Diese gigantischen, libellenartigen Kreaturen waren eine der faszinierendsten Transportmethoden von Thariis. Mit ihren acht mächtigen Flügeln, die im Sonnenlicht wie schimmerndes Öl glänzten, bewegten sie sich mit eleganter Präzision über den Himmel.

Am Shuttle-Terminal standen die großen Transport Kapseln, die von jeweils drei Geggons gemeinsam getragen wurden. Das sogenannte Busch Taxi.

Das Busch Taxi bestand aus drei Geggons, libellenähnlichen Wesen mit glänzenden Chitinpanzern und kräftigen Insektenbeinen. Unter ihren Leibern tragen sie eine robuste Transportkapsel, gehalten an speziell geformten Haltegriffen, die exakt zu den Greifbeinen der Tiere passten. Die Kapsel bot Platz für acht Personen und einen Steuermann, während die Geggons sie mit eleganter Präzision durch die Lüfte trugen schwebend wie eine Libellenkarawane auf einer unsichtbaren Straße.

Camy, Kira und Tommek betrachteten die ankommende Gruppe von drei tiefblauen Geggons, die eine große, aerodynamische Kapsel an stabilen Trägern hielten.

„Ich bin immer wieder fasziniert davon, wie sie das koordinieren," meinte Kira, während sie die perfekte Synchronität ihrer Bewegungen beobachtete.

„Jup. Präziser als jedes mechanische Gerät," stimmte Camy zu. „Das Zusammenspiel zwischen ihnen ist einfach nur genial."

Ein sanfter Windstoß wirbelte Staub auf, als die drei Geggons in einer fließenden Bewegung zur Landung ansetzten. Ihre mächtigen Flügel schlugen einige Male, bevor sie mit vollkommener Kontrolle auf den speziell angelegten Plattformen aufsetzten.

Eine der großen Kapseln wurde vorsichtig abgesenkt, während sich eine seitliche Tür öffnete. Der Pilot, ein Kashari mit sandfarbenem Fell und einer markanten blauen Tätowierung am Ohr, winkte ihnen zu.

„Nächster Halt: Küstenstadt Anur'Kai! Bitte einsteigen!"

Eine Reise durch die Schönheit von Thariis

Die Gruppe trat in die geräumige Transportkapsel ein. Die Innenwände bestanden aus einer glatten, verstärkten Glasstruktur, die eine rundum freie Sicht auf die Umgebung ermöglichte.

Nyx legte sich sofort quer über den Boden, ließ sich schwer auf die Seite fallen und schnaufte zufrieden.

„Tja, ich schätze, er hat seinen Platz gefunden," kommentierte Tommek trocken.

Kira ließ sich entspannt auf einem der bequemen Sitze nieder, während Camy sich direkt ans Fenster stellte, um den Flug in vollen Zügen zu genießen.

Ein sanftes Brummen durchlief die Kapsel, als die Geggons sich synchron aufrichteten, ihre Flügel ausbreiteten und sich langsam in die Luft erhoben.

Mit einem eleganten Schwung glitten sie in den Himmel.

Über die Landschaften von Thariis.
Unter ihnen breitete sich das lila Meer des Sagun-Waldes aus, dessen Bäume sich sanft in der warmen Brise wiegten. Die leuchtenden Pilze in den Lichtungen glommen schwach.

„Das ist einfach wunderschön," murmelte Kira, während sie ihren Blick über die Landschaft schweifen ließ.

Camy deutete auf eine markante Stelle im Wald. „Schaut mal der Einschlagskrater!"

Der große Einschlagskrater
Tief in der Mitte des Waldes lag die Narben der
Vergangenheit der uralte Krater, in dem die
Samek-Kristalle erstmals entdeckt worden waren. Die
Natur hatte sich das Gebiet längst zurückerobert, Moos
und Flechten bedeckten die Felsen, und zwischen den
zerklüfteten Steinen wuchsen knorrige Bäume.

„Kaum zu glauben, dass das mal eine karge Einöde
war," sagte Tommek nachdenklich.

Die Mawea-Wälder
Bald veränderte sich das Bild unter ihnen die Mawea
Wälder, mit ihren gewaltigen, lianen behangenen
Bäumen, erstreckten sich bis zum Horizont. Ihre
Wurzeln krochen tief in den fruchtbaren Boden, und
zwischen den riesigen Ästen hingen Biolumineszenz
Pflanzen wie sanft leuchtende Laternen.

Kira atmete tief durch. „Dieser Planet ist einfach
unglaublich."

Der Flug über die Küstenlinie
Als die Kapsel weiter nach Süden flog, wurden die
dichten Wälder allmählich von offenen Graslandschaften
abgelöst. Der Wind trug den salzigen Duft des Meeres
mit sich.

„Wir sind fast da," bemerkte Tommek, während er nach
vorn blickte.

In der Ferne glitzerte das endlose Blau des Ozeans,
während sich an der Küstenlinie die berühmten
Chahluoh Plätze abzeichneten der Treffpunkt für
Reisende, Händler und Entdecker.

Ein Moment der Ruhe oder doch nicht?

Nyx hatte sich mittlerweile zusammengerollt und schien in tiefem Schlaf zu sein.

Ein leises Schnarchen erfüllte die Kapsel.

Tommek hob eine Augenbraue. „Der hat's echt gut."

Camy schmunzelte. „Manchmal wünschte ich, ich könnte auch einfach überall schlafen."

Der Steuermann warf einen kurzen Blick nach hinten.

„Wir erreichen Anur'Kai in drei Minuten. Bitte schnallt euch an."

Tommek streckte sich und ließ seine Gelenke knacken. „Na dann Zeit, Temor zu finden."

Der nächste Teil ihres Abenteuers begann an der Küste, zwischen den legendären Chahluohs.

Ankunft am Chahluoh

Die Sonne neigte sich langsam dem Horizont entgegen, tauchte den Himmel in warme Orange und Lilatöne und ließ das Wasser der nahen Küste in schimmerndem Gold erstrahlen. Der sanfte Wind trug den Duft von Salz und exotischen Gewürzen von den Märkten der Hafenstadt herüber.

Camy, Kira, Tommek, Nyx und Tumin erreichten die Promenade, die sich entlang der Stege erstreckte. Vor ihnen, majestätisch und in der letzten Abendsonne glänzend, lag ihr Ziel: Der Chahluoh, ein gigantischer Himmelsrochen, der sich ruhig in den sanften Wellen der Küstengewässer wiegte.

Sein großer, geschwungener Körper schimmerte in drei harmonischen Farben tiefes Blau, sanftes Smaragdgrün und ein zarter Silberschimmer, der sich über seine weiten Flügel zog. Auf seinem Rücken thronte eine gewaltige Struktur, ein kunstvoller aufbau auf dem Rücken des Chahluohs wie eine art Flugzeugträger, das von Wartungsteams umgeben war. Techniker liefen über die Plattformen, überprüften Verankerungen, versorgten ihn mit frischem Proviant und kümmerten sich um den Aufbau.

„Jedes Mal ein faszinierender Anblick," murmelte Kira, während sie die eleganten Bewegungen des Chahluohs beobachtete.

„Oh ja," nickte Tumin, seine silbernen Augen funkelten. „Eine Verbindung zwischen Natur und Technologie, die nur wenige verstehen."

Tommek grinste. „Und trotzdem muss er regelmäßig überprüft werden sonst bricht euch da oben was weg." Er schlug sich auf den Gürtel. „Deshalb bin ich hier, um den alten Kerl in Schuss zu halten."

Nyx blieb kurz stehen, hob die Schnauze in die Luft und schnüffelte. Dann schnaubte er zufrieden und trabte weiter.

Die Gruppe erreichte eine der Einstiegsplattformen, die über eine elegant geschwungene Rampe an die Seite des Chahluohs führte. Ein sanftes Summen lag in der Luft, als die energetische Stabilisierung des Schiffes sich synchronisierte.

Kira blieb einen Schritt hinter der Gruppe zurück. Langsam näherte sie sich dem Chahluoh, dessen gewaltiger Körper sanft auf dem Wasser ruhte. Seine Haut schimmerte in Farben, die im Sonnenlicht zu leben schienen alt, würdevoll, wunderschön.

Mit einem ehrfürchtigen Atemzug legte sie ihre Pfote auf seine warme, glatte Haut. „Hallo, großer Freund", flüsterte sie. „Ich bin Kira... und es ist mir eine Ehre, mit dir zu reisen."

Für einen Herzschlag lang schien alles um sie herum zu schweigen.
In ihrem Inneren regte sich ein leises Echo wie ein stilles Lächeln, tief aus der Ferne.
Keine Worte, und doch verstand sie ihn: Er hatte sie bemerkt. Und er freute sich.

Die Begrüßung durch Captain Temor

Sie betraten die Brücke ein weitläufiger, lichtdurchfluteter Raum mit schimmernden Holo Panels und einer großzügigen Sicht auf den Ozean vor ihnen. In der Mitte des Raumes, mit hinter dem Rücken verschränkten Armen, stand Captain Temor Paron.

Ein Kapitän, wie aus einem alten, ehrwürdigen Märchenbuch in dunkler Kommandanten Uniform, die perfekt zu seinem tiefgrünen Fell passte. Sein Blick war ruhig, durchdringend, seine eisgrauen Augen voller Geschichten, die er nie laut erzählen würde. Der strenge Schnitt seiner Uniform wurde nur vom schlichten, aber funkelnden Abzeichen des *Chahluoh* gebrochen.

Temor strahlte eine Aura aus, die man nicht mit Rang oder Macht erklären konnte sondern nur mit Erfahrung, kluger Voraussicht und stiller Verantwortung.
Jede seiner Bewegungen war präzise, kontrolliert als wüsste er nicht nur, was er tat, sondern auch, warum er es tat.

Er war nicht der Typ, der Befehle brüllte er sprach leise, und doch hörte man ihm zu. Vielleicht war es diese ruhige Autorität, vielleicht aber auch das Wissen, dass dieser Fuchs selbst in einem brennenden Asteroidenfeld noch einen kühlen Kopf behalten würde.

Als er Tommek erblickte, zog er anerkennend eine Augenbraue hoch.

„Tommek Wera. Ich hatte schon befürchtet, du würdest deinen Landurlaub ausdehnen, bis mein Schiff auseinanderfällt." Seine Stimme war ruhig, hatte aber einen trockenen Unterton.

Tommek grinste breit. „Ach was, Captain. Ich würde doch niemals zulassen, dass unser guter Melar (so heißt der chahlouh) hier ohne meine präzisen Pfoten auskommen muss."

Captain Temor schnaubte amüsiert und musterte dann die restliche Gruppe. Sein Blick blieb kurz auf Camy haften, der neugierig die technischen Displays studierte, dann auf Kira, die aufmerksam die Umgebung analysierte. Schließlich trafen seine Augen Tumin, und in diesem Moment schien sich ein stilles Verständnis zwischen den beiden älteren Kashari zu bilden.

„Tumin Bisar. Eure Anwesenheit hier bedeutet, dass wir es mit etwas Bedeutendem zu tun haben."

Tumin neigte leicht den Kopf. „Es gibt Geheimnisse, die das Universum nicht ewig verborgen halten kann."

Captain Temor ließ den Satz einen Moment wirken, dann richtete er sich auf. „Nun, ich nehme an, ihr seid nicht nur zum Sightseeing gekommen. Also was führt euch zu mir?"

Tommek trat vor. „Wir brauchen deine Expertise, Captain. Es geht um einen Planeten namens Kal'Tharun."

Ein Funke blitzte in den grauen Augen des Kapitäns auf. Er lehnte sich leicht vor, stützte sich auf das Hauptdisplay der Brücke und tippte eine Eingabe ein.

„Kal'Tharun…" murmelte er. „Ein karger Wüstenplanet mit magnetischen Stürmen, wenig dokumentierter Geschichte und… keiner offiziellen Kashari-Präsenz."

Er sah Tommek ernst an. „Ich hoffe, du hast einen verdammt guten Grund, warum ich euch dorthin bringen soll." Camy trat vor und hielt ihm das geheimnisvolle Schlüssel Artefakt hin. „Weil es hiermit zusammenhängt. Und mit einem Kashari namens Belor Bisar."

Die Brücke wurde still.

Captain Temor betrachtete das Artefakt lange. Dann sah er Tumin an. „Ich nehme an, es gibt viel zu besprechen." Der alte Mönch nickte langsam. „Mehr als du ahnst, Captain."

Vorbereitungen für Kal'Tharun

Captain Temor musterte die Gruppe nachdenklich, während seine eisgrauen Augen über das geheimnisvolle Artefakt glitten. Dann lehnte er sich zurück und verschränkte die Arme.

„Hm… also Kal'Tharun." Seine Stimme war ruhig, aber ernst. „Ihr solltet euch gut vorbereiten. Der Planet ist nicht nur karg und lebensfeindlich, er ist auch verdammt ungemütlich. Magnetische Sandstürme, unberechenbare Winde, kaum brauchbares Wasser. Und was noch schlimmer ist wir wissen nicht, was euch dort erwartet."

Kira nickte und tippte mit einem Finger nachdenklich gegen ihren Bogen. „Ich weiß, wer uns dabei helfen kann."

Tommek hob skeptisch eine Augenbraue. „Lass mich raten Chubby Fex?"

Kira grinste schief. „Ganz genau. Er kennt sich in der Wüste besser aus als jeder andere, den ich kenne. Und wenn es dort irgendwo versteckte Pfade oder alte Siedlungen gibt, dann weiß er sicher, wie man sie findet."

Tommek lachte leise. „Der alte Gauner… ja, er könnte tatsächlich nützlich sein. Solange er uns nicht unterwegs versucht, etwas zu verkaufen oder sich mit den falschen Leuten anlegt."

Temor nickte langsam. „Gut. Dann solltet ihr euch beeilen. Die Bodencrew braucht noch zwei Tage, um die Wartungsarbeiten am Chahluoh abzuschließen. Danach starten wir."

Kira warf einen Blick auf die Kartenprojektion in der Luft, die den riesigen Planeten Thariis zeigte. „Aber wir wissen immer noch nicht genau, wohin wir auf Kal'Tharun müssen."

Camy betrachtete die Kartenprojektion des Planeten in der Luft. Der Wüstenplanet war nur ein Punkt in der Weite des Universums, doch für ihn fühlte es sich an, als würde er genau wissen, dass sie den richtigen Weg finden würden. Ein Kribbeln durchlief ihn nicht wie Unsicherheit, sondern wie eine leise Vorahnung, dass das Schicksal sie schon in die richtige Richtung führen würde.

Er drehte sich mit einem entschlossenen Funkeln in den Augen zu den anderen. „Das finden wir schon noch raus. Wir haben es bisher immer geschafft und diesmal wird es nicht anders sein."

Mit dem Busch Taxi in die Fexalis Wüste

Die Gruppe verließ den Chahluoh und machte sich auf den Weg zur Shuttle Plattform. Der Himmel war nun tiefblau, durchzogen von den ersten Sternen, die sich am Firmament abzeichneten.

Ein sanftes Summen lag in der Luft, als sie die Plattform des Busch Taxis erreichten. Über ihnen schwirrten drei Geggons, ihre mächtigen Libellenflügel reflektierten das letzte Licht der untergehenden Sonne. Ihre schlanken, segmentierten Körper schimmerten in einer monochromen Farbgebung einer in tiefem Grün, einer in Violett und der dritte in einem sanften Gold.

Die große Transportkapsel, die von den drei Geggons getragen wurde, war bereit für die nächste Reise.

Camy grinste, als er das Transportmittel betrat. „Na dann, auf in die Fexalis Wüste."

Mit einem leichten Ruck hoben sie ab.

Die Reise durch die Nacht

Die ersten Stunden ihres Fluges waren geprägt von der endlosen, malerischen Landschaft von Thariis'.

Kira lehnte sich gegen das Fenster der Kapsel und ließ den Blick über die schlafende Wildnis schweifen. „Diese Welt ist einfach unglaublich," murmelte sie.

Tommek grinste. „Und du willst sie freiwillig gegen einen trockenen, windigen Staubhaufen eintauschen?"

Kira zuckte mit den Schultern. „Na ja… es klingt nach einem Abenteuer."

Nyx lag ausgestreckt auf dem Boden der Kapsel, seine schwarzen Pfoten zuckten leicht im Schlaf. Ein leises Schnarchen war zu hören.

Die Reise dauerte die ganze Nacht.

Nach vielen Stunden, als die ersten Strahlen der Morgensonne den Horizont berührten, sahen sie vor sich die weiten Dünen der Fexalis Wüste.

Inmitten der unendlichen Sandmeere erhob sich eine beeindruckende Stadt Zarash'Dai die große Handelsmetropole der Wüste, ein Schmelztiegel aus Kulturen, Farben und Gerüchen.

Es war Zeit, Chubby Fex zu finden.

Die Suche nach Chubby Fex

Die sengende Hitze der Fexalis Wüste flimmerte über den breiten Straßen von Zarash'Dai, während die Gruppe durch die geschäftigen Gassen des legendären Marktes schlenderte. Der betörende Duft von exotischen Gewürzen, frisch gebackenem Fladenbrot und süßem Wüstenwein lag in der Luft. Händler riefen ihre Waren aus, das Klirren von Edelsteinen und Münzen hallte zwischen den kunstvoll verzierten Sandsteinbauten wider.

Kira ließ den Blick über die bunten Sonnensegel schweifen, die sich in einem Tanz aus Farben über den Markt spannten und Schatten spendeten. „Es ist schon ewig her, dass ich hier war... ich hatte fast vergessen, wie lebendig dieser Ort ist."

Tommek zog skeptisch die Nase hoch, als sie an einem Stand vorbeikamen, an dem eine dampfende, gelbliche Paste in kleinen Tonschalen serviert wurde. „Ich hatte gehofft, das hätte ich vergessen können... Was zum Geier war das nochmal?"

Camy grinste. „Ak'thul-Brei. Sehr gesund."

Tommek verzog das Gesicht. „Das bezweifle ich."

Nyx schüttelte sich und fletschte angewidert die Zähne offenbar war er derselben Meinung.

Doch sie hatten keine Zeit, sich länger auf dem Markt aufzuhalten. Ihr Ziel lag am Rand der Stadt, wo sich eine der berüchtigtsten Attraktionen Zarash'Dais befand die Rennstrecke der Wüstenflieger.

Je näher sie dem Rand der Stadt kamen, desto mehr veränderte sich die Geräuschkulisse. Das Stimmengewirr des Marktes wurde übertönt von lautem Jubel, aufgeregtem Rufen und dem tiefen, rhythmischen Summen von gigantischen Flügeln.

Vor ihnen erstreckte sich eine weitläufige Arena, in der die legendären Geggon Rennen ausgetragen wurden. In der Ferne sahen sie eine Gruppe von Rennkapseln, die durch einen engen Sand Canyon jagten, während die gigantischen Libellenwesen mit atemberaubender Geschwindigkeit um die engen Kurven manövrierten.

Der heiße Wüstenwind trug den Staub der Strecke durch die Luft, während die Zuschauer von den Tribünen aus ihre Wetten verfolgten.

„Hier geht's also richtig zur Sache," murmelte Tommek beeindruckt. „Da steckt eine Menge Geld drin."

„Und noch mehr Stolz," ergänzte Kira. „Die Rennteams von Zarash'Dai sind die besten der Welt. Nur die fähigsten Piloten und Mechaniker halten hier lange durch."

Sie passierten die Eingänge zur Haupttribüne und schlenderten an den massiven Hallen vorbei, in denen die Geggon Kapseln repariert und getunt wurden. Der Geruch von Maschinenöl, Metall und heißem Wüstensand lag in der Luft. Vor den Hangars ruhten einige der riesigen Geggons, ihre glänzenden Flügel falteten sich langsam, während sie sich von den Rennen erholten. Ihre telepathischen Stimmen summten in der Luft wie entfernte Lieder, kaum wahrnehmbar, aber präsent.

Dann blieben sie vor einer der größten Schrauberhallen stehen.

Ein wuchtiges Metallschild mit eingebrannten Buchstaben prangte über dem Eingang:

„Fex & Co. Die schnellsten Antriebe weit und breit."

Tommek verschränkte die Arme. „Ich wusste es. Natürlich macht er hier sein Geschäft."

Camy grinste. „Und es scheint gut zu laufen." Kira trat als Erste ein.

In der Schrauberhalle Chubby Fex' Reich

Drinnen herrschte geschäftiges Treiben. Überall standen halbgeöffnete Rennkapseln, deren Innenleben freigelegt war, während Mechaniker an ihren Energieantrieben arbeiteten. Werkzeuge surrten, Metall klapperte, Funken sprühten aus einer Ecke, wo jemand einen Hitzeschild nachjustierte.

Zwischen den Maschinen lagerten Ersatzteile in offenen Kisten, während an den Wänden zahlreiche Renn Urkunden und Trophäen prangten manche echt, manche fragwürdig.

Und mitten in diesem geordneten Chaos stand ein Fuchs mit sandfarbenem Fell, einer eleganten Weste und einer mechanischen Brille über einem Auge, während er an einer Kapsel herumschraubte.

Er wirkte wie ein wandelndes Durcheinander aus Charme, Chaos und „Wo zum Fuchs hast du das denn schon wieder her?!".
Sein sandfarbenes Fell war von feinem Staub bedeckt, seine elegante Weste eindeutig teurer als alles, was in der Werkstatt lag und trotzdem voller Ölflecken. Eine mechanische Brille funkelte über einem Auge, als wollte sie sagen: *"Ich bin wichtig!"* obwohl sie wahrscheinlich nur lose festgeklemmt war.
An seinem Gürtel baumelten Beutel, Werkzeuge und etwas, das aussah wie ein Miniatur Katapult.
Wahrscheinlich funktionstüchtig. Wahrscheinlich gestohlen.

Chubby Fex war kein Held aber er hatte Talent. Talent, sich überall durchzumogeln, Probleme mit einem Lächeln zu verschieben und dabei so zu tun, als hätte er nie etwas damit zu tun gehabt.

Er wirbelte herum, als er die Gruppe bemerkte, ein breites Grinsen auf den Lippen. „Ahhh, was für ein Anblick! Meine Lieblingskunden, die nie was kaufen!"

Tommek schüttelte den Kopf. „Ich warte immer noch auf den Tag, an dem du mir nichts andrehen willst."

„Das wäre ja unhöflich," erwiderte Fex unschuldig und klopfte sich den Staub von der Weste. „Aber ich schätze mal, ihr seid nicht hier, um ein paar Kapseln zu tunen… oder etwa doch?"

Camy trat nach vorne und hielt ihm das Artefakt entgegen. „Wir haben ein Rätsel zu lösen und wir brauchen deine Hilfe."

Fex musterte das seltsame Objekt mit einem kritischen Blick, bevor er sich langsam sein Brillenvisier herunterklappte. „Hmmm... ein Abenteuer also? Wisst ihr, ich bin eigentlich sehr beschäftigt."

Kira schmunzelte. „Wir zahlen in Geheimnissen, nicht in Steinen." Fex' Ohren zuckten. „Jetzt habt ihr mein Interesse." Tommek grinste. „Aber zuerst essen. Ich erkläre nichts auf leeren Magen." Fex warf sein Werkzeug beiseite und streckte sich. „Das klingt gut! Ich bin schon den ganzen Tag hier am Schrauben."

Gemeinsam verließen sie die Schrauberhalle und schlenderten durch die belebten Straßen von Zarash'Dai. Der Marktplatz war voller Leben Händler riefen laut ihre Preise aus, Musikanten spielten fröhliche Melodien, und der Duft von exotischen Früchten, süßem Tee und würzigen Kräutern lag in der Luft.

Schließlich fanden sie eine kleine, halb versteckte Bar am Rand des Marktes. Bunte Laternen hingen über den Tischen, das Licht spiegelte sich auf dem polierten Holz der Theke. Hier versammelten sich Reisende, Händler und Abenteurer, um Geschichten auszutauschen oder Geschäfte zu machen.

Sie setzten sich an einen Tisch in der Ecke, während eine ältere Füchsin mit einer rauen Stimme und durchdringendem Blick ihnen dampfenden Tee einschenkte. „Also gut," begann Fex und legte die Füße entspannt auf die Bank. „Ihr habt meine Aufmerksamkeit. Was genau führt euch zu mir?"

Der letzte Puzzlestein

Die Sonnenstrahlen in der kleinen Bar warfen flackernde Schatten auf die Holztische, während Kira das Buch und das Artefakt vorsichtig auf den Tisch legte. Die Gruppe rückte näher zusammen, während Chubby Fex sich vor lehnte, seine bernsteinfarbenen Augen neugierig auf das geheimnisvolle Objekt gerichtet.

„Also…", begann Kira, „das hier haben wir in einer alten Kammer gefunden. Das Buch, das Artefakt und diese Namen."

Sie schob ihm den Stofffetzen mit den aufgeschriebenen Namen zu. Fex nahm ihn in die Pfote und ließ seinen Blick über die aufgestickten Buchstaben wandern.

Er schnalzte mit der Zunge. „Ich hab ja schon viel gesehen, aber so was? Das ist neu."

Camy lehnte sich vor und stützte sein Kinn auf die Pfote. „Kennst du den Planeten Kal'Tharun?"

Fex hob eine Augenbraue. „Oh, den kenne ich." Er lehnte sich entspannt zurück, schwang einen Arm über die Lehne der Bank und klopfte mit einem Finger auf den Tisch. „Kal'Tharun ist… nennen wir es mal 'unkomfortabel'. Ein karger Wüstenplanet mit einem riesigen Ozean und das war's dann auch schon mit der Schönheit. Dort gibt es genau zwei große Handelsstädte mitten in der Wüste. Der Rest besteht aus Minen. Edelsteinminen, um genau zu sein. Die einzigen, die dort wirklich leben, sind die, die diese Steine abbauen… und die Händler, die sie verkaufen."

Tommek verschränkte die Arme. „Also ein richtig netter Urlaubsort."

„Ganz genau." Fex grinste schief. „Die einzigen Leute, die da sonst noch vorbeikommen, sind Käufer oder Schmuggler. Falls dieser Kashari dort ist, dann kann er nicht viel Platz haben, um sich zu verstecken."

Kira runzelte die Stirn. „Wir wissen aber nicht, wo genau er sein könnte."

Fex kratzte sich am Kinn, dann zuckte er mit den Schultern. „Dann bleibt uns nur eine Möglichkeit: Wir fliegen die beiden Städte an und fragen herum. Wenn er dort lebt oder gelebt hat, wird ihn irgendjemand kennen."

Camy nickte langsam. „Das ist der beste Ansatz, den wir bis jetzt haben. Und ehrlich gesagt auch der einzige."

Kira verschränkte die Arme vor der Brust und legte den Kopf schief. „Also… kommst du mit? Ich glaube, wir könnten deine Hilfe gebrauchen."

Fex legte eine theatralische Pfote auf die Brust. „Kira, du kennst mich doch! Ein Abenteuer mit ungewissem Ausgang? Geheimnisse? Womöglich verborgene Schätze? Natürlich bin ich dabei!"

Kira lachte leise. „Na dann… pack deine Sachen."

Tommek stand auf und streckte sich. „Wir haben noch ein ganzes Stück zurück zur Küste vor uns. Also los."

Die Sonne stand noch hoch über Zarash'Dai, als sie wieder auf das Busch Taxi stiegen. Die drei Geggons schwebten sanft über der Plattform, ihre leuchtenden Flügel warfen bunte Reflexionen auf den Sandstein.

Nyx sprang mit einem Satz in die Kapsel und rollte sich sofort auf dem Boden zusammen, während Tommek sich einen Platz mit Blick nach draußen suchte.

Mit einem leichten Ruck hoben sie ab und glitten in den Himmel hinein, über die weiten Dünen der Fexalis Wüste, vorbei an den letzten verstreuten Oasen, bis die dichten Wälder von Thariis wieder unter ihnen auftauchten.

Tumin blickte nachdenklich auf das vorbeiziehende Grün unter ihnen, dann wanderte sein Blick zu Kira und Chubby, die nebeneinander saßen in ungewöhnlich friedlicher Einigkeit.

„Sagt mal…", begann Tumin mit seiner ruhigen, neugierigen Stimme. „Wie habt ihr zwei euch eigentlich kennengelernt? Ihr seid so unterschiedlich und doch scheint ihr euch auf eine sehr eigene Art zu verstehen."

Kira verzog leicht das Gesicht. „Das ist eine lange Geschichte…"

Chubby grinste verschmitzt. „Und eine verdammt gute dazu."

Tumin nickte. „Wir haben Zeit. Und gute Geschichten sind dazu da, erzählt zu werden."

Rückblende:

Die Jägerin & die Wüste – Kiras Suche nach dem perfekten Geschenk

Die Wüstenstadt Zarash'Dai leuchtete in der warmen Nachmittagssonne wie ein Juwel, umgeben von endlosen Sanddünen und uralten, mit mystischen Symbolen verzierten Mauern. Der Markt, das pulsierende Herz der Stadt, war eine Explosion aus Farben, Gerüchen und Stimmen Händler priesen ihre Waren an, Musiker spielten auf Flöten und Trommeln, und die Luft war erfüllt von den süßen Düften exotischer Früchte und der herben Würze frisch gerösteten Kaffees.

Kira schlenderte durch die mit bunten Tüchern überdachten Gassen, ihr Blick glitt über die unzähligen Stände, auf der Suche nach dem perfekten Geschenk für ihre Mutter.

Es war ein besonderes Jahresfest. Kein gewöhnlicher Geburtstag, sondern der Tag, an dem das Jahr sich für ihre Familie vollendete eine Zeit, um Dankbarkeit zu zeigen, für alles, was sie voneinander gelernt hatten.

Doch was konnte sie nur schenken?

Edle Roben und Stoffe. Seidige, leuchtend gefärbte Gewänder hingen an kunstvoll geschnitzten Holzständern, flatterten sanft im warmen Wind. Kira fuhr mit den Fingern über ein tiefblaues Tuch mit silbernen Stickereien. Schön… aber nicht das Richtige.

Goldene Armreifen funkelten in der Sonne, kunstvoll gefertigte Anhänger mit Edelsteinen wurden von geschickten Händen poliert. Doch ihre Mutter war keine, die sich mit Juwelen schmückte.

Kleine Statuen von Tieren und Kashari aus Wüstenholz, manche kunstvoll bemalt, andere schlicht und roh. Interessant... aber es fehlte die persönliche Bedeutung.

Mit einem leichten Seufzen ließ sie den Blick weiter schweifen.

Ein kleiner Stand am Rand des Marktes erregte ihre Aufmerksamkeit. Ein alter Fex Händler mit wettergegerbtem Fell und leuchtenden Augen bot Spezialitäten aus der Wüste an.

Wüstenkaktus, frisch aufgeschnitten, das saftige Innere schimmerte im Sonnenlicht.

„Ein Stück für dich, Jägerin?" fragte der Händler mit einem wissenden Lächeln.

Kira nahm dankend an, biss hinein, eine angenehme Kühle breitete sich in ihrem Mund aus, süß und erfrischend. Sie genoss den Moment, ließ ihren Blick über das bunte Treiben gleiten.

Die Stadt war voller Leben.

Kinder rannten lachend zwischen den Ständen hindurch, ein Musiker spielte eine sanfte Melodie auf einer Holzflöte, während eine Gruppe Reisender um ein uraltes Schriftstück feilschte.

Die Magie von Zarash'Dai war nicht in Artefakten oder Gold versteckt sie lag in der Atmosphäre, in den Farben, in den Geschichten der Kashari.

Kira musste einfach das Richtige finden.

Etwas, das bedeutete: Ich danke dir. Für alles.

Aber wo?

Mit neuer Entschlossenheit wischte sie sich den Kaktussaft von den Fingern und tauchte tiefer in den Markt ein.

Noch ahnte sie nicht, dass diese Suche sie nicht nur zu einem Geschenk, sondern auch zu einer Begegnung führen würde, die ihr Leben verändern würde…

Die Stimmen des Marktes wurden leiser, als Kira in eine schmale, ruhige Seitenstraße einbog. Der Trubel des Hauptmarktes verblasste, doch hier, im Schatten der alten Lehmhäuser, entfaltete sich eine andere Art von Magie.

Ein alter Fuchs saß hinter einem kleinen Stand aus dunklem Holz. Sein Fell war von der Sonne gebleicht, seine Ohren hingen leicht zur Seite, und seine bernsteinfarbenen Augen musterten die Welt mit ruhiger Gelassenheit. Vor ihm lagen sorgfältig arrangierte Schmuckstücke kleine Ketten, Ringe, Anhänger. Keine prunkvollen Juwelen wie auf dem Hauptmarkt, sondern schlichte, aber mit Liebe gefertigte Handwerkskunst.

Und dann sah sie sie. Eine Kette.

Nicht zu auffällig, nicht zu schlicht genau die Art von Schmuck, die ihre Mutter mochte.

Der Anhänger war ein kunstvoll gefertigter Fuchskopf aus glänzendem Silber, umgeben von zarten, mystischen Runen. Doch das, was Kira wirklich in den Bann zog, war der Stein, aus dem die Augen und Runen gefertigt waren.

Ein Kristall, der in allen möglichen Farben schimmerte. Je nach Blickwinkel glühte er orange, dann violett, dann wieder in einem tiefen Blau.

Dazu waren drei Federn an der Kette befestigt orange, lila und weiß, sorgfältig mit feinen Bändern umwickelt.

„Hübsch, nicht wahr?"

Die raue Stimme des alten Fuchses riss Kira aus ihren Gedanken. Sie nickte langsam.

„Ja. Sehr sogar. Woher stammt dieser Kristall?"

Der Händler lehnte sich zurück und lächelte wissend.

„Dieser Stein? Man nennt ihn Serennit, das Licht der Wüste. Er wird tief unter den Sanddünen gefunden, dort, wo die Sonne nie hinkommt. Sagt man zumindest. Ich denke, dass er das Sonnenlicht einfängt und für immer speichert."

Kira betrachtete den schimmernden Stein nachdenklich.

Ein Stück Licht, das niemals verlischt.

Perfekt.

Sie handelte mit dem alten Händler einen Preis aus nicht zu viel, nicht zu wenig. Sie wusste, dass es auf Märkten immer ums Feilschen ging, aber als sie dem alten Fuchs in die Augen sah, erkannte sie, dass seine Waren nicht die begehrtesten waren.

Und doch hatte er etwas erschaffen, das einzigartig war. Sie reichte ihm ein paar Münzen mehr, als sie ausgehandelt hatten. Der Händler blinzelte überrascht, dann lächelte er.

„Eine ehrliche Seele..." murmelte er und reichte ihr die Kette in einem kleinen Beutel aus feinem Wüstenstoff.

Kira steckte das Geschenk sorgfältig weg, ließ ihren Blick über die Straße schweifen und plötzlich spürte sie, wie sich ein vertrautes Gefühl in ihrem Magen regte.

Sie hatte den ganzen Tag über den Markt geschlendert, nach dem perfekten Geschenk gesucht und jetzt meldete sich ihr Körper mit einer klaren Botschaft.

Ihr Blick fiel auf eine kleine Bar an einer Ecke, wo sich bereits einige Einheimische niedergelassen hatten. Ein schlichter, aber gemütlicher Ort mit Sitzkissen auf niedrigen Holzplattformen, schattenspendenden Tüchern über den Tischen und dem verlockenden Duft von frisch gebackenem Fladenbrot und gebratenem Gemüse.

Perfekt.

Mit einem zufriedenen Seufzen ließ sie sich auf eines der Kissen sinken und bestellte eine kleine Mahlzeit.

Während sie wartete, ließ sie den Blick über den Markt schweifen.

Die Sonne begann, hinter den Sanddünen zu verschwinden, und tauchte den Markt in ein sanftes, goldenes Licht. Die Farben der Stoffe und Gewänder schienen noch intensiver zu leuchten, und in der warmen Brise lag die Magie einer Stadt, die niemals schlief.

Kira legte eine Hand auf die kleine Tasche, in der die Kette lag, und lächelte. Ihre Mutter würde sich freuen.

Noch wusste sie nicht, dass diese ruhige Pause in der Bar der Moment sein würde, in dem ihr Schicksal eine unerwartete Wendung nahm…

Denn in den Schatten der Stadt wartete bereits jemand darauf, dass sich eine Gelegenheit bot.

Die warme Luft der Wüstenstadt war erfüllt vom Klang fremder Stimmen, von Gelächter und feilschenden Händlern. Der Markt lebte doch Kira nahm all das nur am Rande wahr.

Vor ihr auf dem Tisch lag die Kette, ihr wertvoller Fund, das perfekte Geschenk für ihre Mutter. Während sie darauf wartete, dass ihr Essen serviert wurde, nahm sie das Medaillon noch einmal in die Hand.

Der Serennit Stein schimmerte im Licht der untergehenden Sonne, wechselte von Orange zu Lila zu einem tiefen Blau. Ihre Finger glitten über das filigrane Fuchs Emblem, über die feinen Runen, die sie umgaben.

Aber dann spürte sie es.

Einen Blick.

Unauffällig, aber intensiv.

Ohne sich direkt umzudrehen, ließ sie ihren Blick durch die Bar wandern und dort, in der hintersten Ecke, saß er.

Ein Fuchs in einer dunklen Kapuze, halb verborgen im Schatten, scheinbar ganz in seine Mahlzeit vertieft. Doch Kira bemerkte, dass seine Augen immer wieder zu ihrer Kette huschten.

Sie erkannte diesen Blick. Nicht nur Bewunderung.

Verlangen.

Sie ließ sich nichts anmerken, schmunzelte und legte das Medaillon scheinbar achtlos auf den Tisch. Dann drehte sie sich ein wenig zur Seite, als ob sie das Geschehen auf der Straße beobachten würde.

Die Falle war gestellt.

Er bewegte sich blitzschnell.

Ein Schatten huschte über den Tisch, Finger streckten sich nach der Kette doch im selben Moment packte Kira zu.

Ihre Hand schoss vor, umklammerte sein Handgelenk mit einem festen Griff, und bevor er überhaupt reagieren konnte, hatte sie bereits das große Messer ergriffen, das neben ihrem Teller lag.

Die Klinge ruhte sanft auf seiner Hand. Nicht bedrohlich. Nur eine Warnung.

„Überleg dir genau, was du jetzt tust," sagte sie leise, ohne ihre Stimme zu heben.

Er blinzelte, hielt kurz inne und dann, zu ihrer Überraschung, brach er in ein breites, unbekümmertes Grinsen aus.

„Hey hey, ganz ruhig, Jägerin. Ich wollte doch nur helfen."

Langsam, mit zwei Fingern, zog er ein kleines, weiches Tüchlein aus seiner Westentasche, hielt es hoch wie ein wertvolles Artefakt und blinzelte unschuldig.

„Ich habe auf deinem Medaillon einen Fleck gesehen. Wirklich unschön. Ich wollte ihn nur wegwischen."

Ein Gauner durch und durch.

Kira musste lachen.

„Du hast Glück, dass ich heute gute Laune habe."

Sie ließ ihn los, lehnte sich zurück und betrachtete ihn nun genauer. Ein schlanker, drahtiger Fuchs mit frechen, bernsteinfarbenen Augen. Sein Fell war sandfarben, perfekt angepasst an das Wüstenklima. Unter seinem Umhang blitzten ein paar versteckte Taschen auf, und sein Grinsen verriet, dass er schon oft in ähnlichen Situationen gewesen war.

„Also gut," sagte er und klopfte sich theatralisch den Ärmel ab. „Zur Wiedergutmachung lade ich dich auf einen Drink ein. Und das Essen geht auf mich. Einverstanden?"

Kira schnaubte.

„Ich habe dich beim Diebstahl erwischt und jetzt willst du mich bestechen?"

„Nicht bestechen. Nur entschädigen."

Sie schüttelte den Kopf. „Du bist unmöglich." Aber irgendetwas an ihm war anders.

Ja, er war ein Dieb. Ein Gauner. Ein Schwindler. Aber sein Herz war nicht schlecht.

Kira konnte Instinkte lesen. Sie erkannte Lügen. Und tief in seinem frechen Lächeln steckte eine seltsame Aufrichtigkeit.

Also ließ sie sich darauf ein.

Sie verbrachten den restlichen Tag auf dem Markt, feilschten mit Händlern, probierten exotische Speisen, und irgendwann, als die Nacht über die Wüste hereinbrach, lud sie ihn ein, mit zu ihr zu kommen.

Denn morgen war der große Tag. Die Geschenkübergabe.

Von diesem Moment an wurden sie die besten Freunde. Die Abenteuer mit ihm würden niemals langweilig werden.

Zurück zur Geschichte:

Kira lehnte sich an das Fenster der Kapsel, ließ ihren Blick über die vorbeiziehende Landschaft schweifen. Bald würden sie Captain Temor wiedersehen und dann begann die eigentliche Reise.

Das nächste große Abenteuer wartete auf einem fernen Planeten voller Geheimnisse.

Zurück an die Küste & Vorstellung bei Captain Temor

Nach einem langen Flug mit dem Busch Taxi überquerten sie die letzten Abschnitte der malerischen Wälder und erreichten schließlich die weiten Küstengebiete von Thariis. Der Himmel war in warme Orangetöne getaucht, als die untergehende Sonne das Meer glitzern ließ. In der Ferne zeichnete sich bereits die große Landebucht des Chahluoh ab ein imposanter Anblick, selbst für diejenigen, die ihn bereits kannten.

Chubby Fex zog sich den Kragen seiner Weste zurecht und sah sich interessiert um. „Nicht schlecht. Ich hätte nicht gedacht, dass ich mal auf einem Chahluoh lande, ohne etwas darauf zu schmuggeln."

„Noch ist der Tag nicht vorbei," erwiderte Kira trocken, während sie die Rampe hinunterging.

Die Gruppe bewegte sich entlang der hölzernen Stege, die die Landebucht umgaben. Zwischen den Plattformen wuselten Mechaniker und Boden Crews, die den Chahluoh warteten, seine Vorräte auffüllten und sich um das riesige, lebendige Schiff kümmerten.

Der Chahluoh selbst ruhte sanft auf der Wasseroberfläche, seine majestätische Form vom letzten Licht der Sonne umrahmt. Sein Rückenaufbau eine Mischung aus Modularen Strukturen und funktionalen Plattformen wurde gerade von Technikern überprüft.

Schließlich erreichten sie die Einstiegs Schleuse und traten in das Innere des Schiffes. Sie gingen durch einen breiten Korridor, dessen Wände mit schimmernden Schriftzeichen verziert waren eine Mischung aus Kashari Runen und alten Symbolen. Kristall Lampen hingen an den wänden und leuchteten in einem sanften violett.

Auf der Brücke wartete bereits Captain Temor Paron, sein dunkles Fell leuchtete im gedämpften Licht der Instrumente. Seine eisgrauen Augen musterten die Gruppe, als sie eintraten.

„Tommek," begrüßte er ihn mit einem kurzen Nicken. „Ich sehe, du hast Verstärkung mitgebracht."

Tommek grinste und klopfte Fex auf die Schulter. „Das hier ist Chubby Fex. Er ist... sagen wir, ein Experte für Wüsten und Dinge, die nicht ganz offiziell sind."

Fex verbeugte sich theatralisch. „Ein Vergnügen, Captain. Ich verspreche feierlich, nichts von Bord verschwinden zu lassen es sei denn, sie wollen das es verschwindet."

Temor hob eine Augenbraue. „Ich werde das Schiff wohl besser verriegeln lassen."

Kira verschränkte die Arme. „Er kann uns wirklich helfen. Er kennt Kal'Tharun und hat wertvolle Kontakte."

Der Kapitän musterte Fex einen Moment schweigend, dann nickte er. „Gut. Dann hoffe ich, dass du dich als ebenso nützlich erweist, wie sie sagen."

„Oh, keine Sorge, Captain. Ich bin unschlagbar, wenn es darum geht, Dinge aufzutreiben." Temor lehnte sich gegen die Konsole und verschränkte die Arme. „Dann sollten wir uns jetzt überlegen, was wir für die Reise brauchen."

Die richtige Ausrüstung für Kal'Tharun

Die Gruppe saß gemeinsam in einer gemütlichen Ecke in der Kantine des Chahluoh, während Chubby Fex entspannt in einem Stuhl lümmelte und eine kleine Holo Münze zwischen seinen Fingern drehte. Sein sandfarbenes Fell schimmerte leicht im Licht der Konsole, während er mit einem breiten Grinsen sprach.

„Also, meine lieben Abenteurer... wenn ihr wirklich auf diesen wundervollen, völlig unwirtlichen Staubhaufen von einem Planeten wollt, dann braucht ihr die richtige Ausrüstung. Zum Glück kennt ihr ja mich und ich kenne jemanden, der alles besorgen kann."

Kira verschränkte die Arme und musterte ihn skeptisch. „Lass mich raten… jemand, der dir noch einen Gefallen schuldet?"

Fex schnaubte gespielt beleidigt. „So eine Unterstellung! Ich bin ein ehrbarer Geschäfts Fuchs! Außerdem, ja, genau so ist es."

Er ließ die Holo Münze schnippen, die kurz in der Luft rotierte, bevor sie in seiner Pfote verschwand.

„Wir fliegen zur Kamurax Station. Liegt nicht weit von Thariis entfernt, und dort gibt es einen Händler, der mich definitiv nicht übers Ohr hauen würde zumindest nicht, solange ich ihm nicht zu viele Steine schulde."

„Und was genau brauchen wir?" fragte Camy, während er sich Notizen machte.

Fex grinste und lehnte sich zurück. „Zum Glück habe ich eine kleine Liste vorbereitet…"

Die vier wichtigsten Dinge für Kal'Tharun

Magnetfeld-Stabilisatoren
Was sie tun: Schützen vor aufgeladenem Sand, damit er nicht überall hängen bleibt oder elektrische Schläge verursacht.

„Glaubt mir, ohne die Dinger könnt ihr euch nach zwei Minuten gegenseitig Funken geben."

Energie-Schutzbänder mit Samek Kristall Kern
Was sie tun: Sie verhindern, dass sich der Körper auflädt und man vom Sturm durch die Gegend gewirbelt wird.

„Sie sind leichter als ein kompletter Schutzanzug und haben ein bisschen Magie in sich was kann da schon schiefgehen?"

Modifizierte Visore für Sand & Magnetstürme
Was sie tun: Schützen vor blendenden Entladungen und helfen, im Sturm noch etwas zu sehen.
Besonderheit: Hat ein Navigationssystem, das ohne GPS oder Magnetkompass funktioniert.

„Denn es bringt nichts, wenn ihr super geschützt seid, aber trotzdem gegen die nächste Wand lauft."

Notfall-Energie-Anker
Was sie tun: Erzeugt eine kurzzeitige statische Entladung, um eine sichere Zone im Sturm zu schaffen.

„Falls ihr mal mitten im Sturm eine Kaffeepause machen müsst oder nicht weggepustet werden wollt."

Kira lehnte sich nachdenklich zurück. „Klingt, als hätten wir wirklich keine andere Wahl, als da vorbeizufliegen."

Tommek nickte. „Besser, als auf Kal'Tharun von einem magnetischen Sandsturm geröstet zu werden."

Camy klappte sein Notizbuch zu. „Also dann Kamurax-Station, wir kommen."

Fex tippte grinsend eine Nachricht in sein Kommunikationsgerät. „Ich werde den Handel arrangieren."

Das nächste Ziel war gesetzt es ging zur Kamurax-Station!

Der Aufbruch des Chahluoh

Die letzten Vorbereitungen liefen auf Hochtouren. Rings um den gewaltigen Chahluoh waren die letzten Wartungsstege noch befestigt, doch eine nach der anderen wurde von den Technikern gelöst und mit einem Ruck in Richtung Hafen zurückgezogen. Die massive Kreatur, die Schiff und Lebewesen zugleich war, begann, sich langsam zu regen. Seine schimmernde Haut, durchzogen von den typischen drei Farben, reflektierte das Licht der bunten Laternen, die überall entlang der Promenade entzündet worden waren.

Die Gruppe hatte sich auf einer erhöhten Beobachtungsplattform eingefunden, von der aus sie das Spektakel mitverfolgen konnten. Tommek lehnte mit verschränkten Armen an der Reling und beobachtete die emsigen Bodencrews, die letzte Prüfungen durchführten.

Camy konnte nicht anders, als jede Bewegung zu studieren wie sich die natürlichen Strukturen des Chahluohs langsam mit den technischen Elementen verbanden, als würden sich Zahnräder eines riesigen Uhrwerks ineinander fügen.

„Das ist immer wieder beeindruckend," murmelte Kira, während sie hinunterschaute. „So ein riesiges Wesen… und doch bewegt es sich so sanft."

„Er kennt den Himmel, als wäre er sein zweites Zuhause," sagte Captain Temor, der neben ihnen stand. Sein Blick lag fest auf seinem Schiff oder besser gesagt, auf seinem treuen Gefährten.

Rings um die Promenade hatten sich unzählige Kashari versammelt, viele von ihnen hielten bunte Laternen, deren sanftes Leuchten sich auf dem Wasser spiegelte. Musiker hatten sich auf kleinen Plattformen entlang der Küste postiert und spielten traditionelle Reisehymnen, eine uralte Tradition, die seit Generationen den Aufbruch eines Chahluoh begleitete.

Chubby Fex beobachtete das Ganze mit hochgezogenen Augenbrauen. „Nicht schlecht. Wenn ich mal irgendwo aufbrechen würde, würde ich mir auch so eine Feier wünschen."

„Du fliehst doch meistens eher heimlich," meinte Tommek trocken.

„Details…" Fex winkte ab.

Der Himmel hatte sich mittlerweile in ein tiefes Dunkelblau gefärbt, übersät mit den ersten Sternen, die am Horizont aufblitzen. Die Luft war erfüllt von einer Mischung aus Spannung und Ehrfurcht, als das Schiff schließlich sein erstes leises, vibrierendes Summen von sich gab ein Zeichen, dass der Aufstieg bevorstand.

Kira blickte zu Nyx, der neben ihr saß und ruhig in die Ferne starrte. „Bald geht es los."

Der Pelar spitzte die Ohren und schnaubte leise.

„Alle Crewmitglieder an Bord," dröhnte es aus den Lautsprechern. „Abflug in zehn Minuten."

Temor nickte zufrieden und wandte sich an die Gruppe. „Zeit, sich auf das nächste Abenteuer vorzubereiten."

Der Chahluoh würde bald die Lüfte durchbrechen und die Reise nach Kal'Tharun konnte beginnen.

Der Aufstieg des Chahluoh

Ein sanftes, tiefes Grollen vibrierte durch den Boden der Promenade, als der Chahluoh begann, sich zu bewegen. Erst kaum spürbar ein leichtes Zittern, das langsam in eine mächtige Erschütterung überging. Die riesige Kreatur hob sich mit bedächtiger Anmut, ihre gewaltige Masse setzte sich in Bewegung, als würde ein uralter Titan aus seinem langen Schlaf erwachen.

„Man spürt seine Kraft," murmelte Kira ehrfürchtig, während sie ihre Pfote gegen die Reling legte.

Langsam löste sich das Schiff aus dem Wasser, angetrieben durch die natürlichen Energieströme des Chahluohs, ihres lebenden Gefährten. Erst jetzt wurde die wahre Größe des Chahluohs sichtbar gut zwei Drittel seines Körpers hatten bislang unter der Wasseroberfläche verborgen gelegen.

Als er sich vollständig erhob, rauschte das Wasser in mächtigen Strömen an seinen Flanken hinab, glitzernd im sanften Mondlicht, das auf den riesigen Schwingen reflektierte. Das Licht brach sich in den fallenden Tropfen, ließ sie in allen Farben des Regenbogens schimmern, ein Anblick so unwirklich schön, dass selbst die geräuschvolle Menge auf der Promenade für einen Moment verstummte.

Dann brach der Jubel los.

Tausende von Stimmen, vermischt mit der Musik der Reisenden, füllten die Nachtluft. Bunte Laternen stiegen auf, ihre sanften Lichter spiegelten sich im Wasser. Die Musik, das Lachen, die Freude ein Abschiedsgruß für den Chahluoh und seine Crew, ein alter Brauch, um ihm eine sichere Reise zu wünschen.

Die sieben Abenteurer standen auf dem Beobachtungsdeck, während sich die Welt unter ihnen immer weiter entfernte. Die Lichter der Promenade wurden kleiner, das Meer unter ihnen wurde zu einem dunklen, endlosen Band, durchzogen von den leuchtenden Schwingen des Chahluohs.

Captain Temor trat an die Reling und ließ seinen Blick über die Szene schweifen. „Wir sollten nun lieber reingehen. Hier draußen wird es gleich ungemütlich."

Tommek nickte und rollte kurz die Schultern. „Ja, ich spüre schon, wie der Wind stärker wird."

Gemeinsam passierten sie die Schleuse und traten in das Innere des Schiffes. Die Luft war ruhiger, gedämpfter, nur das leise Summen des Navigationssystems war zu hören. Sie machten sich auf den Weg zur Brücke, wo sich die Crew bereits um die Steuerung kümmerte.

„Navigation," sagte Captain Temor ruhig, während er seinen Platz in der Mitte der Brücke einnahm. „Setzen Sie Kurs auf Kamurax. Normale Geschwindigkeit Melar soll sich noch etwas schonen. Er hat lange gelegen, seine Muskulatur muss sich erst wieder an die Bewegung gewöhnen."

Eine holografische Karte flackerte auf, zeigte den Weg durch die Sternenrouten bis zur Kamurax Station, die wie ein leuchtender Punkt in der Dunkelheit des Weltalls erschien.

Temor drehte sich zu den Abenteurern um. „Die Reise wird eine Weile dauern. Ihr könnt euch in euren Quartieren etwas ausruhen. Ich werde euch Bescheid geben lassen, wenn wir Kamurax erreichen."

Camy dehnte sich und gähnte. „Klingt nach einem Plan. Ich könnte eine Pause vertragen."

Chubby grinste. „Ja, ja... ruht euch aus. Ich werde meine Zeit nutzen und mir die besten Handelsangebote auf Kamurax raussuchen. Vielleicht finde ich ja noch was Interessantes."

Tommek lachte. „Solange du uns nichts verkaufst, das uns schon gehört..."

Nyx ließ sich bereits in einer ruhigen Ecke nieder und begann, sein dichtes Fell zu putzen.

Nach und nach verteilten sich die Abenteurer auf ihre Quartiere, jeder mit seinen eigenen Gedanken über das, was sie erwartete.

Die Reise hatte begonnen. Und das Universum hielt noch viele Geheimnisse für sie bereit.

Worte im Nebel der Zeit

Das sanfte, rhythmische Rauschen der gewaltigen Chahluoh Flügel hallte durch die Wände der Kabine. Die Bewegung war kaum spürbar, doch für jemanden mit geschärften Sinnen fühlte sich die Luft leicht geladen an ein ständiges Summen, das anzeigte, dass sie sich zwischen den Sternen bewegten.

Tumin saß auf dem schlichten Bett seines Quartiers, die Beine verschränkt, das uralte Buch vor sich auf dem kleinen, metallenen Tisch. Der Raum war spartanisch eingerichtet, wie es für ein Schiff dieser Größe üblich war keine überflüssige Dekoration, nur das Nötigste.

Doch für ihn war in diesem Moment nur eines von Bedeutung: Das Buch.

Die anderen hatten ihm bis jetzt kaum Beachtung geschenkt. Ein Relikt, das sie nicht entziffern konnten nur ein weiteres Stück der wachsenden Sammlung an Rätseln. Aber Tumin wusste es besser.

„Kein Buch existiert ohne einen Grund. Und kein Geheimnis bleibt ewig verborgen."

Er fuhr mit der Pfote über das raue, lederne Cover. Die Gravuren auf der Oberfläche fühlten sich fast lebendig an, als ob die Zeit selbst ihre Spuren hinterlassen hatte.

Ein leiser Seufzer. Er wusste, dass er keinen Schlüssel hatte, um es zu öffnen zumindest nicht auf konventionelle Weise. Doch Wissen war mehr als nur Worte auf Papier.

Es war Energie. Und Energie konnte geleitet werden.

Der Kreis der Runen

Mit ruhigen Bewegungen holte Tumin einen kleinen Beutel aus seiner grossen Reisetasche. Der Stoff war abgenutzt, doch die Kordel, die ihn verschloss, war noch fest.

Er öffnete ihn vorsichtig.

Und holte vorsichtig kleine, aus Akimea Holz geschnitzte Runensteine aus dem Beutel.

Jede dieser Runen war mit Bedacht geschnitzt ein Überbleibsel der alten Runenmeister, deren Wissen einst die großen Bibliotheken von Thariis erfüllte. Die Gravuren auf den Steinen waren kaum sichtbar im gedämpften Licht der Kabine, doch für Tumin waren sie wie offene Bücher.

Langsam legte er sie um das Buch herum. Einen Kreis aus Wissen, ein Band aus Erinnerung.

Er zog eine kleine Kiste aus seiner Reisetasche, filigran verziert und aus dunklem Holz gefertigt. Als er den Deckel öffnete, entströmte ein sanfter Duft nach getrockneten Kräutern und Harz.

Darin lagen Räucherstäbchen, sorgfältig gebündelt.

Tumin nahm eines heraus, fuhr mit den Fingern über die feinen Gravuren darin ein uraltes Muster, das für Reinigung und Klarheit stand.

Mit einem geübten Handgriff zündete er es an.

Langsam begann silberner Rauch aufzusteigen, drehte sich in sanften Spiralen, füllte die Kabine mit einer ruhigen, meditativen Atmosphäre.

Er atmete tief ein.

Das war der Moment, in dem sich alles fokussierte.

Die Welt um ihn herum trat zurück kein summender Chahluoh mehr, kein entferntes Gespräch auf den Fluren. Nur der Raum, das Buch, die Runen, der Rauch.

„Erkenne die Vergangenheit… und die Vergangenheit wird dich erkennen."

Das Band der Erinnerung

Tumin griff in eine kleine Tasche an seinem Gürtel.

Seine Finger fanden, was er suchte.

Ein Armband kunstvoll geflochten, verziert mit bunten perlen und zwei hellblauen Edelsteinen, in denen feine Runen graviert waren.

Er drehte es langsam zwischen den Fingern.

Sein Vater hatte es getragen.

Jeden Tag, bis zu seinem letzten Atemzug.

Die Kashari glaubten, dass ein Teil der Seele in den Gegenständen verweilte, die einem im Leben am wichtigsten waren. Dass sie nicht nur Erinnerungen trugen, sondern auch Fragmente derer, die sie besaßen.

Für Tumin war dieses Armband nicht nur eine Erinnerung.

Es war ein Erbe. Ein Band zur Vergangenheit. Ein Licht in der Dunkelheit.

Er legte es vorsichtig auf das Buch.

Für einen Moment herrschte absolute Stille.

Dann eine Veränderung.

Ein kaum wahrnehmbares Summen.

Die Runensteine um das Buch flimmerten schwach.

Das Kashari Emblem auf dem Einband schien tief im Inneren aufzuleuchten, als ob es eine Antwort erwartete.

Tumin öffnete langsam die Augen.

Der Rauch des Räucherstäbchens zog sich silbrig durch die Kabine.

Ein Funken von Wissen aus der Vergangenheit hatte sich gezeigt.

Ein Name aus der Vergangenheit

Die Kabine war in tiefes, ruhiges Zwielicht getaucht, nur erhellt vom sanften Glühen der Räucherstäbchen, deren Rauch noch immer träge durch den Raum zog. Tumin saß regungslos da, seine silber blauen Augen auf das uralte Buch gerichtet.

Er hatte es gefühlt die Energie.

Das war kein gewöhnlicher Text. Dieses Buch war ein Schlüssel.

„Von unserem Volk… von unserem Planeten…
unsere Vorfahren haben es geschrieben."

Er schloss die Augen und ließ sich von der Energie leiten.

Ein leises Summen vibrierte in seiner Kralle, als er seine Pfoten auf das Cover legte. Die Gravuren fühlten sich nun wärmer an, als ob etwas erwacht wäre.

Dann ein leises, kaum sichtbares Aufleuchten.

Das Kashari Emblem auf dem Einband begann schwach violett zu schimmern.

Und in diesem Moment…

„Pelltuk."

Das Wort war nicht gesprochen worden.

Es war nicht gehört worden.

Es war einfach da.

Klar. Direkt.

Pelltuk.

Tumins Augen öffneten sich ruckartig.

Was war das? Wer war das?

Oder war es kein Wer, sondern ein Wo?

Er stand langsam auf, seine Gedanken rasten. Das Wort hallte in seinem Kopf nach, als hätte jemand es direkt in sein Bewusstsein gepflanzt.

„Es muss eine Bedeutung haben."

Er trat an das Informations Terminal an der Wand, seine Pfoten flogen über die Eingabe Tafel.

Suchbegriff: Pelltuk.

Die Datenbank summte kurz. Dann erschien eine Antwort.

Pelltuk Tektonisch inaktiver Vulkan auf
Kal'Tharun.
Standort: Westliche Wüste, abgelegen.
Besonderheit: Instabile geologische Struktur.
Hohe magnetische Störungen.
Warnung: Gefährliche Wetterverhältnisse
unvorhersehbare Magnetstürme.

Tumin lehnte sich zurück.

„Ein Ort… mit magnetischen Stürmen. Ein erloschener Vulkan…"

Ein Zufall?

Unwahrscheinlich.

Das Buch hatte es ihm gezeigt.

Und dieser Ort war auf dem Planeten, zu dem sie ohnehin mussten.

Tumin drehte sich langsam zum Tisch zurück, sein Blick fiel auf das Buch, das nun wieder still und regungslos dalag.

Das Glühen war verschwunden.

Doch die Botschaft war angekommen.

Ein Pelar im Weltall

Zur gleichen Zeit, in einem anderen Quartier des Chahluoh, herrschte keine Ruhe.

Nyx, der große, pelzige Pelar, war außer sich vor Begeisterung.

Das lag nicht an einem leckeren Stück Fleisch. Nicht an einem neuen Spielzeug. Und auch nicht daran, dass jemand ihn besonders gut hinter den Ohren gekrault hatte.

Nein.

Es war das Fenster.

Ein riesiges, panoramisches Fenster, das den unendlichen Sternenhimmel offenbarte.

Und Nyx?

Nyx war hin und weg.

Hüpf.
Hüpf.
Hüpf.

Seine riesigen Pfoten trommelten über den Boden des Quartiers, als er aufgeregt auf und ab sprang, immer wieder die Schnauze gegen die transparente Scheibe drückend. Sein Schwanz wedelte wild, während seine Ohren in alle Richtungen zuckten.

„Mpf! Mrrr!"

Er klopfte mit der Nase an die Scheibe, dann rieb er sie daran und hinterließ dabei einen perfekten Abdruck seiner Nase.

Hüpf.
Hüpf.

Kira lag auf ihrem Bett, den Kopf auf ihre Arme gestützt, und beobachtete das Spektakel mit halb geschlossenen Augen.

„Nyx…"

Keine Reaktion.

Hüpf.

„Nyx, hör auf.“

Hüpf.

„Nyx!“

Hüpf.

„NYX!!“

Der Pelar schnaufte, blieb abrupt stehen, sah sie mit großen Augen an.

Dann ließ er sich mit einem tiefen „Poff!“ mitten im Raum auf den Boden fallen, als wäre ihm plötzlich jede Energie entzogen worden. Seine großen Ohren zuckten noch kurz, dann legte er den Kopf schief und gab ein brummendes Geräusch von sich.

Kira starrte ihn an. Nyx blinzelte unschuldig.

Dann seufzte sie, ließ sich rücklings auf das Bett fallen und murmelte:

„Warum hab ich mir eigentlich ein Raubtier als Reisebegleiter ausgesucht…?“

Nyx gähnte laut und ließ einen leisen, zufriedenen Laut hören, während er sich auf dem Boden ausstreckte. Der Chahluoh glitt ruhig weiter durch das All. Und Nyx? Er wartete nur darauf, dass etwas noch Aufregenderes passierte.

Ein leuchtendes Rätsel

Während sich Nyx in Kiras Quartier von seiner Sternenhimmel Ekstase erholte, herrschte in einem anderen Teil des Schiffes eine völlig andere Stimmung.

Camy konnte nicht still sitzen.

Das Buch.

Es ließ ihn nicht los.

Er lief in seinem Quartier auf und ab, die Arme verschränkt, die Stirn gerunzelt. Immer wieder fiel sein Gedanke auf das geheimnisvolle Buch, das sie gefunden hatten.

Es schimmerte.

Ganz sanft, kaum merklich aber für ihn war es deutlich sichtbar.

Ein leichter, violetter Schimmer, als würde es atmen.

Tommek hatte ihm nicht geglaubt, als er es zum ersten Mal erwähnt hatte.

„Du siehst Gespenster, Camy."

Aber nein.

Das hier war real.

Unruhig verließ er sein Quartier, überquerte den ruhigen Gang und blieb vor einer der Kabinentüren stehen.

Er klopfte.

Einen Moment später öffnete sich die Tür, und Tumin stand vor ihm seine silber blauen Augen blickten ihn ruhig an, doch seine Ohren zuckten leicht.

„Ah, Camy. Gut, dass du da bist. Ich habe gerade etwas... Seltsames erlebt."

Camy trat ein und bemerkte sofort das Buch auf Tumins Tisch. Um das Buch herum lagen die kunstvoll geschnitzten Runen, die er zuvor genutzt hatte.

„Ich habe versucht, mit meinen Runen Informationen aus dem Buch zu extrahieren... und plötzlich hatte ich eine Vision."

„Ein Wort erschien mir: Pelltuk."

Camy runzelte die Stirn. „Und was soll das bedeuten?"

„Ich habe es in der Datenbank gesucht. Pelltuk ist ein Vulkan. Und nicht irgendeiner es ist ein lang erloschener Vulkan auf dem Planeten, zu dem wir unterwegs sind."

Camy zog die Augenbrauen hoch. „Ein Vulkan... Das könnte der erste Hinweis sein, wo wir suchen müssen."

Tumin nickte. „Und als mir das Wort erschien, glühte das Emblem auf dem Buch."

„Tja, *bei mir* glüht das Ding die ganze Zeit," sagte er trocken.

Tumin sah ihn überrascht an. „Wie meinst du das?"

Camy verschränkte die Arme. „Ich sehe es ein leichtes, violettes Glimmen. Die ganze Zeit. Seit wir es gefunden haben."

Tumin betrachtete das Buch nachdenklich. „Tommek wollte dir nicht glauben, oder?"

Camy verdrehte die Augen. „Natürlich nicht. *Du siehst Gespenster, Camy.*" Er schüttelte den Kopf. „Aber ich sehe es immer noch. Und jetzt erzählst du mir, dass es auf dein Ritual reagiert hat?"

Tumin nickte langsam.

„Weißt du, wenn das Buch so viel zu sagen hat… wäre es echt nett, wenn es einfach mal *richtig* mit uns sprechen würde."

Tumin schmunzelte. „Vielleicht tut es das bereits nur nicht in Worten, die wir verstehen."

Das Erwachen der Verbindung

Die Luft in Tumins Quartier war ruhig, fast feierlich. Das Räucherstäbchen, das er zuvor entzündet hatte, zog dünne, tanzende Linien aus blassem Rauch durch den Raum, während der sanfte, erdige Duft von Akimea Holz die Atmosphäre erfüllte. Das Licht war gedämpft, die Wände warfen weiche Schatten, und das einzige Geräusch war das entfernte Summen des Schiffes, das sanft durch den endlosen Kosmos glitt.

Camy und Tumin standen nebeneinander, beide mit den Blicken auf das uralte Buch gerichtet, das in der Mitte desTisches lag.

Die Runen, die Tumin zuvor sorgfältig um das Buch herum gelegt hatte, wirkten regungslos alte Symbole, in Akimea Holz geschnitzt, einst Werkzeuge der Runenmeister. Der Talisman, den Tumin aus der Erinnerung an seinen Vater stets bei sich trug, ruhte wie ein stiller Wächter auf dem Ledereinband des Buches.

Und doch… irgendetwas lag in der Luft.

Camy schluckte. Er hatte das Buch von Anfang an anders wahrgenommen als die anderen. Dieses leise, kaum merkliche Violett Schimmern, das für ihn so offensichtlich war, hatte Tommek einfach als „Gespenster Spinnerei" abgetan. Doch nun, hier im schwachen Licht von Tumins Quartier, fühlte es sich greifbarer an als je zuvor.

Ohne sich dessen bewusst zu sein, hatte er einen Schritt nach vorne gemacht.

Tumin beobachtete ihn schweigend, ließ ihn gewähren.

Camy näherte sich langsam dem Tisch. Die Welt um ihn herum trat in den Hintergrund, als würde der gesamte Raum an Bedeutung verlieren. Es gab nur noch ihn und das Buch.

Er hob eine Pfote, zögernd, fast vorsichtig, während sein Blick unaufhörlich auf das Kashari Emblem auf der Vorderseite gerichtet blieb. Dann setzte er die letzte Bewegung. Er stellte sich direkt vor das Buch.

Die Runen erwachen

Kaum hatte Camy den letzten Schritt getan, passierte es.

Ein leises Summen lag in der Luft kaum hörbar, mehr ein Echo in seinen Gedanken als ein tatsächlicher Ton.

Das Kashari Emblem auf dem Buch begann sanft zu leuchten.

Zuerst nur ein schwacher, kaum wahrnehmbarer Schimmer, doch dann verstärkte sich das violette Licht, pulsierte in sanften Wellen, als würde es auf seine Anwesenheit reagieren.

Camy hielt den Atem an.

Plötzlich ein Zucken durch die Runen!

Die Runen Symbole, die auf dem Cover des Buchs waren, begannen ebenfalls zu reagieren. Einer nach dem anderen leuchtete auf, aber nicht in einem einheitlichen Licht sondern in sieben verschiedenen Farben, jede einzigartig, jede anders.

Die Luft knisterte.

Ein Kribbeln durchzog Camys Körper, wanderte von seinen Krallen bis in seine Schultern, dann weiter bis in seine Brust. Ein seltsames Gefühl breitete sich aus nicht unangenehm, aber fremd. Als würde eine unsichtbare Kraft mit ihm in Resonanz treten, ihn berühren, durch ihn fließen.

Ihm wurde plötzlich warm.

Ein tiefes Pulsieren setzte ein.

Er spürte es in seinem Innersten, als würde etwas in ihm antworten. Eine Verbindung, die er nie gesucht hatte, sich aber nun aufdrängte.

Dann

Ein einziges Wort durchzuckte seine Gedanken.

Pelltuk.

Camy riss die Augen auf.

Seine Knie wurden weich. Er taumelte einen Schritt zurück.

Das Licht der Runen erlosch schlagartig.

Das Buch lag wieder still auf dem Tisch, als wäre nichts gewesen.

Camy rang nach Luft, sein Herz pochte wild in seiner Brust. Er spürte, wie die warme Energie langsam von ihm wich, wie sich die fremde Kraft wieder zurückzog, als wäre sie nie da gewesen.

Tumin trat vor, legte eine Pfote auf seine Schulter.

„Alles in Ordnung, Camy?"

Camy blinzelte, versuchte, seinen rasenden Puls zu beruhigen. Er warf einen schnellen Blick auf das Buch keine Spur mehr von Licht, keine Spur von Bewegung.

Doch in seinem Kopf hallte das Wort nach.

Pelltuk.

Er schluckte. Dann schüttelte er sich kurz, als würde er eine unsichtbare Last abschütteln.

„Ja… alles okay." Seine Stimme klang nicht ganz überzeugt. „Es… war nur seltsam. Es hat sich angefühlt, als hätte mich das Ding… angesprochen."

Tumin musterte ihn mit scharfem Blick. „Ich glaube, meine Runen haben auf dich reagiert."

Camy sah ihn verwirrt an. „Und was heißt das?"

Tumin ließ seinen Blick langsam über den Tisch wandern, zu den immer noch regungslosen Runen. Dann sah er Camy wieder an.

„Dass du vielleicht eine Verbindung zu diesem Buch hast, die wir beide noch nicht verstehen."

Die Stimmen der Vergangenheit

Camy atmete tief durch und sammelte sich, während sein Herz noch immer schneller schlug als gewöhnlich. Sein Körper fühlte sich seltsam leicht an, als hätte ihn das Licht, das ihn zuvor durchzogen hatte, für einen Moment aus der Realität gelöst.

Doch nun war alles wieder still.

Er trat vorsichtig erneut an den Tisch heran, langsam, Schritt für Schritt, bereit für ein weiteres unerwartetes Phänomen doch diesmal geschah nichts.

Kein Pulsieren, kein Lichtspiel, keine Stimmen in seinem Kopf.

Nur das sanfte, violette Schimmern, das das Buch seit ihrer ersten Begegnung umgab.

Camy runzelte die Stirn.

„Was… war das?" fragte er leise, seine Stimme ein Flüstern in der ruhigen Kabine.

Tumin beobachtete ihn mit gerunzelter Stirn, seine silber blauen Augen spiegelten tiefe Nachdenklichkeit wider.

„Ich habe keine Ahnung," gestand er schließlich.

Camy schüttelte leicht den Kopf und drehte sich zu ihm um. „Hast du es gesehen? Die Runen… sie haben alle in verschiedenen Farben geleuchtet."

Er hielt inne und suchte in seinen Gedanken nach einer Erklärung.

Dann traf es ihn.

Er hob den Kopf. „Ich glaube, es waren unsere Stammesfarben."

Tumin überlegte kurz, dann nickte er langsam. „Das… würde Sinn ergeben. Die sieben Stämme der Kashari. Und wir wissen, dass sieben von ihnen damals ins Exil gingen."

Camy richtete seinen Blick wieder auf das geheimnisvolle Buch.

Langsam hob er die Pfote und legte sie vorsichtig auf den Ledereinband. Das Kashari Emblem auf der Vorderseite fühlte sich kühl an. Mit einer ruhigen Bewegung schlug er das Buch auf.

Seine Finger glitten sanft über die ersten Seiten, während seine Augen die fremdartigen Schriftzeichen überflogen.

Doch was er sah, war völlig unverständlich.

Nicht einmal annähernd konnte er einen der Buchstaben identifizieren.

Es war keine der bekannten Sprachen von Thariis. Nicht einmal eine der alten, fast vergessenen Dialekte.

Die Schriftzeichen wirkten fremdartig, als gehörten sie in eine andere Zeit. Eine andere Welt.

Camy runzelte die Stirn und blätterte langsam weiter, Seite für Seite, doch nichts ergab einen Sinn.

Er war kein Sprachwissenschaftler, aber selbst Tumin, der Runenmeister, schien keinen einzigen Buchstaben entziffern zu können.

Nach einer Weile sahen sich die beiden fragend an.

Tumin lehnte sich zurück, seine Arme vor der Brust verschränkt.

„Also mehr als den Namen des Vulkans haben wir nicht." Seine Stimme klang trocken, aber nicht entmutigt.

Camy schloss das Buch vorsichtig und atmete tief durch.

„Naja," sagte er mit einem schiefen Lächeln, „das ist ja schon mal etwas."

Er richtete sich auf und klopfte sich leicht den Staub von der Hose, als hätte das mystische Erlebnis ihn mehr erschöpft, als er zugeben wollte.

Dann streckte er sich.

„Ich würde vorschlagen, wir schauen uns mal diesen Vulkan an. Aber jetzt ruh dich erst mal aus. Das mache ich auch."

Tumin nickte. „Eine gute Idee. Morgen erzählen wir den anderen von unserer Entdeckung."

Camy gähnte leicht und streckte sich erneut, bevor er sich auf dem Absatz umdrehte und zur Tür schlenderte.

„Bis später, Runenmeister."

Tumin schmunzelte, während er das Buch erneut betrachtete.

„Bis später, Geisterseher."

Camy hielt kurz inne, blinzelte und warf ihm einen verwirrten Blick zu.

Tumin grinste nur.

Camy schnaubte belustigt und verließ das Quartier.

Hinter ihm lag das Buch ruhig, unbewegt.

Doch tief in den alten Seiten wartete noch mehr. Mehr als nur ein Wort.

Mehr als nur ein Name.

Ankunft bei der Kamurax-Station

Die Brücke des Chahluoh war erfüllt von einem sanften Summen, während sich die Abenteurer versammelten. Vor den großen Sichtfenstern erstreckte sich das schimmernde Band eines Asteroiden Feldes, durchzogen von treibenden Gesteinsbrocken und metallenen Wrackteilen aus vergangenen Zeiten. Inmitten dieses chaotischen Tanzes aus Trümmern und Gestein lag ihr Ziel die Kamurax Station.

Ein riesiger Ring aus zusammengeschweißten Platten, Schrottteilen und industriellen Strukturen, der um ein künstliches Gravitationszentrum kreiste. Trotz der scheinbaren Unordnung wirkte das Ganze nicht instabil ein ausgeklügeltes Netzwerk aus Traktorbarken und Kraftfeldern hielt das Treibgut in geordneten Bahnen.

Auf der oberen Seite des Rings funkelten große Glaskuppeln, unter denen sich üppige grüne Flächen erstreckten Hydroponik Anlagen, die den Bewohnern nicht nur Nahrung, sondern auch Sauerstoff lieferten. Sie hatten sich hier im Nirgendwo eine eigene Welt erschaffen.

In der Mitte des Rings liefen gewaltige Röhren zusammen und verbanden sich mit den großen Landeplattformen und Andockstationen, an denen Schiffe unterschiedlichster Größe festgemacht waren.

Der Anflug

Captain Temor verschränkte die Arme und betrachtete die Annäherung mit ruhiger Miene.

„Die Kamurax Station..." murmelte er. „Ein Wunder der Improvisation oder eine tickende Zeitbombe, je nachdem, wen man fragt."

Chubby Fex grinste. „Ach komm schon, Captain. Diese Leute haben aus Schrott eine florierende Handelsstation gebaut. Das verdient ein bisschen Respekt."

„Solange das Ding nicht auseinanderfällt, während wir dran andocken," brummte Tommek.

Die Brücke vibrierte sanft, als die Navigationsoffiziere die Andockprozedur einleiteten.

„Wir sind gleich da," sagte der Captain. „Also noch mal zur Erinnerung: Kein Ärger, keine unnötige Aufmerksamkeit. Ich will nicht, dass wir auf irgendeiner schwarzen Liste landen."

Kira nickte. „Verstanden. Diplomatisch, unauffällig, professionell."

„Ich sehe das Problem nicht," sagte Chubby und grinste verschmitzt. „Wir verhalten uns doch immer vorbildlich."

Camy schnaubte. „Das sagt ausgerechnet der Kerl, der jedes Mal mit mehr Zeug von einer Station zurückkommt, als er mitgenommen hat."

„Das ist meine persönliche Magie," sagte Fex unschuldig.

Temor seufzte. „Geht einfach runter, besorgt eure Ausrüstung und kommt ohne zusätzliche Kopfgelder zurück."

Die Chahluoh glitt geschmeidig an eine der Andockvorrichtungen, ihre energetischen Greifarme legten sich um die äußeren Halterungen der Station. Ein leises Zischen ertönte, als der Luftdruck zwischen dem Schiff und der Station ausgeglichen wurde.

„Andock Sequenz abgeschlossen," meldete die Steuerfrau.

„Dann mal los," sagte Camy und spannte die Schultern.

Die Gruppe machte sich auf den Weg durch die Schleusen. Tommek überprüfte noch einmal sein Gürtel Werkzeug, während Nyx sich neugierig an Kiras Seite hielt. Chubby strich sich den Staub von der Weste und kniff die Augen zusammen.

„Ahhh, Kamurax," sagte er mit einem Lächeln. „Wie hab ich dich vermisst."

Mit einem sanften Zischen öffnete sich die letzte Schleuse und sie traten hinein.

Das Abenteuer auf der Kamurax-Station begann.

Der grüne Kern der Kamurax-Station

Die Gruppe nahm in einem der automatischen Shuttles Platz, die wie sanft schwebende Gondeln durch das Netzwerk aus Röhren führten. Während sie sich langsam durch den langen Tunnel bewegten, konnten sie durch die Panoramafenster auf die geschäftige Andockzone blicken.

Dutzende Schiffe unterschiedlichster Größe parkten entlang der Schleusen, wurden entladen oder für den nächsten Flug vorbereitet. Ladungsdrohnen schwirrten zwischen ihnen hindurch, während Wartungsteams Reparaturen durchführten. Von kleinen Handelsschiffen bis hin zu riesigen Frachter Kolossen, die scheinbar nur noch durch Rost und Gebete zusammengehalten wurden, war hier alles vertreten.

Chubby Fex grinste und lehnte sich zurück. „Das ist der wahre Herzschlag der Galaxie. Während andere über Politik und Kriege reden, sind es Orte wie dieser, an denen das wahre Leben stattfindet."

„Oder der wahre Schwarzmarkt," murmelte Tommek.

Chubby zuckte mit den Ohren. „Pff, Schwarzmarkt ist so ein hässliches Wort. Ich nenne es... freie Marktwirtschaft."

Kira schüttelte amüsiert den Kopf, während Nyx mit den Ohren zuckte und aufgeregt zu den Fenstern spähte.

Nach einigen Minuten durchquerte das Shuttle eine Schleuse und plötzlich öffnete sich der Blick auf eine völlig unerwartete Szenerie.

Die Gruppe trat aus der Kabine und fand sich in einer riesigen, offenen Halle wieder, die sich über mehrere Stockwerke erstreckte. Hohe, kräftige Bäume wuchsen aus sorgfältig angelegten Beeten, deren Wurzeln in mit Nährstoffen angereicherter Hydrokultur wuchsen. Kletterpflanzen wanden sich an Metallträgern entlang, während in der Luft kleine, bunte Vögel flatterten, die hier offenbar eine neue Heimat gefunden hatten.

Ein künstlicher Himmel, bestehend aus sanft leuchtenden, biolumineszenten Tafeln, tauchte die Szenerie in ein warmes Licht, das fast so wirkte, als stünde die Sonne über ihnen. Zwischen den Bäumen verliefen geschwungene Wege, auf denen Händler ihre Stände aufgebaut hatten. Die Luft war erfüllt von den Düften exotischer Gewürze, frischer Früchte und dem leichten Summen der Hydroponik Systeme, die für das Überleben dieser grünen Oase sorgten.

Nyx hob den Kopf und verfolgte aufmerksam die flatternden Vögel mit den Augen. Seine Ohren zuckten, sein Schwanz wippte leicht hin und her.

Kira folgte seinem Blick und schmunzelte. „Dafür haben wir jetzt keine Zeit, Nyx."

Der Pelar schnaubte kurz, als wollte er protestieren, doch schließlich trabte er weiter an ihrer Seite.

„Es ist wunderschön hier," sagte Kira und ließ ihren Blick noch einmal über die grüne Oase schweifen.

„Ja," murmelte Tumin nachdenklich. „Ein Monument dessen, was möglich ist, wenn Wissen und Natur im Einklang arbeiten."

Ein Essen mit Offenbarungen

Der Markt war ein endloses Gewirr aus Stimmen, Farben und exotischen Düften. Die Gruppe hatte bereits einige Händler passiert, als Tommek plötzlich stehen blieb und sich den Magen rieb.

„Hört mal… reden wir nicht seit Stunden über Artefakte, Rätsel und gefährliche Wüstenstürme? Ich finde, das kann warten mein Magen nicht."

Kira verschränkte die Arme. „Wir haben doch gerade erst…"

In genau diesem Moment zog ihr ein würziger, rauchiger Duft in die Nase. Sie folgte dem Geruch zu einem kleinen Stand, der unter einem alten Metallvordach versteckt lag. Über offenem Feuer brutzelten Spieße mit gewürzten Gemüsesorten und etwas, das aussah wie gebackene Knollen.

„Okay… vielleicht kann es doch noch warten," murmelte sie und gesellte sich zu Tommek.

Die Gruppe ließ sich an einer der niedrigen, halb improvisierten Tische nieder. Chubby kannte den Besitzer, natürlich. Er bestellte für alle ohne überhaupt zu fragen, was sie wollten. „Vertraut mir. Der Typ hier macht das beste Essen auf der Station.

Ihr werdet es mir danken." Während sie aßen, erzählten Tumin und Camy von ihrer Entdeckung.

„Also… ich haben mir das Buch noch mal angesehen," begann Tumin langsam, während er ein Stück Gemüse in die Soße tunkte. „Es hat… reagiert. Zuerst nur leicht. Dann… stärker."

Camy legte seine Stäbchen beiseite. „Es hat geleuchtet. Ich hab es die ganze Zeit gesehen, aber dann plötzlich, während Tumin seine Runen gelegt hat war da eine Art Verbindung."

„Und ein Wort," ergänzte Tumin. „*Pelltuk.*"

Kira hörte auf zu essen. „Was ist das?"

„Ein Vulkan," erklärte Tumin. „Auf Kal'Tharun. Ich habe ihn in der Datenbank gefunden. Seine tektonische Zusammensetzung erzeugt magnetische Stürme. Und… ich denke, dass dort etwas auf uns wartet."

„Ein Vulkan?" Tommek zog die Augenbrauen hoch. „Natürlich ist es ein Vulkan. Es kann ja nicht mal ein nettes, einfaches Abenteuer sein."

Chubby kaute genüsslich weiter und wischte sich dann mit einem Tuch über die Schnauze. „Also, wenn wir nach einem Ort suchen, den kaum jemand freiwillig betritt ein alter, magnetisch aufgeladener Vulkan wäre definitiv ein guter Kandidat."

„Denkst du, jemand könnte dort leben?" fragte Kira nachdenklich.

Tumin schwieg kurz. Dann schüttelte er langsam den Kopf. „Ich weiß es nicht. Aber jemand hat gewollt, dass wir diesen Namen kennen. Das Buch hat mir das gezeigt."

Camy lehnte sich zurück. „Wenn es wirklich der richtige Ort ist… dann werden wir dort unser erstes Artefakt finden."

Ein Moment der Stille lag über ihnen. Nur das leise Knistern des Grills und das geschäftige Murmeln der Händler war zu hören.

Dann zuckte Tommek mit den Schultern. „Okay. Erstmal beenden wir unser Essen. Dann gehen wir Chubbys Händler treffen."

„Richtig. Erst das Vergnügen, dann das Geschäft." Chubby griente und nahm sich den letzten Spieß.

Das Rätsel hatte eine neue Richtung und eine neue Herausforderung wartete auf sie.

Der verborgene Markt von Kamurax

Die Gruppe schlenderte durch die geschäftigen Gassen des Marktes, während Chubby Fex mit einer Mischung aus Begeisterung und Stolz die Führung übernahm. Er bewegte sich durch die Menge wie ein erfahrener Reiseführer, stets mit einem schelmischen Grinsen auf den Lippen.

„Hier oben gibt es alles, was das Herz begehrt und einiges, was euch das Herz klauen könnte, wenn ihr nicht aufpasst," erklärte er gut gelaunt.

Sie passierten einen Kräuter und Pflanzenhändler, dessen Stand von seltsamen, leuchtenden Knollen übersät war. Aus ihren runden, moosartigen Oberflächen wuchsen farbenprächtige Blüten, die in sanftem Rhythmus ihr Licht pulsieren ließen.

„Das sind Lumiris Wurzeln," erklärte Chubby mit einem Kennerblick. „Sie wachsen nur auf Planeten mit hohem Myzelanteil ihre Blüten leuchten, je nachdem, welche Energie sie in der Umgebung spüren. Sehr gefragt bei Alchemisten und Schamanen."

Einige Kunden standen bereits davor, in angeregten Preisverhandlungen mit dem Händler.

Ein paar Schritte weiter mischte sich ein neuer, intensiver Duft in die Luft sie kamen an einem Stand vorbei, an dem ein Gewürzhändler großzügig Proben verteilte.

„Ah, das hier ist einer meiner Lieblingsstände!" sagte Chubby und griff sich ungefragt eine kleine Prise aus einer offenen Schale, um sie zwischen den Fingern zu verreiben. Der Duft von scharfen, würzigen Aromen stieg auf.

„Das ist Farel Pfeffer, wächst in Vulkanregionen und brennt zweimal, wenn ihr versteht, was ich meine."

Tommek schnaubte belustigt. „Ich wette, du hast schon Wetten damit gewonnen, wer am längsten scharfes Essen aushält."

Chubby tat unschuldig. „Ich würde niemals auf Kosten anderer wetten… es sei denn, ich gewinne."

Neben ihnen präsentierte ein Stoffhändler seine Ware feine, fast schwebend wirkende Tücher, die in phosphoreszierenden Farben glitzerten, als wären sie aus flüssigem Licht gewebt.

„Das ist Phasenseide, eine absolute Rarität," raunte Chubby und ließ seine Finger über das Material gleiten. „Extrem teuer, extrem schön und extrem schwer zu fälschen."

„Also genau dein Ding," bemerkte Kira trocken. Chubby zuckte mit den Ohren. „Ich bin beleidigt. Wieso sollte ich sowas fälschen, wenn ich das Original haben kann?"

Nach einem weiteren Schlenker durch den Markt führte Chubby sie schließlich zu einem großen, gut bewachten Frachtaufzug.

Camy warf ihm einen fragenden Blick zu. „Äh… wollten wir nicht die Ausrüstung kaufen? Das hier sieht nicht nach einem normalen Laden aus."

Chubby grinste verschwörerisch. „Schon. Aber die richtig guten Sachen gibt's nicht hier oben." Kira verschränkte die Arme. „Und wo dann?"

Er betrat den Aufzug und bedeutete ihnen, es ihm gleichzutun. „Tja, meine Freunde… Willkommen in der wahren Kamurax Station."

Mit einem leichten Ruck setzte sich der Aufzug in Bewegung – und brachte sie in eine Welt, die nur die Wenigsten zu Gesicht bekamen.

Die Schatten von Kamurax

Der Frachtaufzug fuhr langsam nach unten. Ein leichtes Vibrieren durchlief den Boden unter ihren Füßen, während die Lichter der oberen Marktebene allmählich verschwanden. Je tiefer sie kamen, desto dunkler wurde es.

Das gedämpfte Summen der Station klang hier anders rauer, unruhiger. Und als sich die Türen schließlich mit einem mechanischen Zischen öffneten, betraten sie eine völlig andere Welt.

Die Luft hier war schwerer, erfüllt von Rauch, metallischem Ölgeruch und dem dumpfen Klang gedämpfter Gespräche. Hier unten existierte keine Ordnung nur ein fragiles Gleichgewicht zwischen jenen, die sich gegenseitig tolerierten, weil sie einander brauchten.

Schmuggler, Schwarzhändler & Gestrandete
Hier lebten die Vergessenen der Station Händler, die auf den oberen Märkten keinen Platz gefunden hatten, Schmuggler, die lieber keine Fragen stellten, und Reisende, die sich lieber in dunklen Ecken aufhielten.

Das Licht der oberen Station war nur noch ein ferner Schein. Neonlichter in unruhigen Farben flackerten über schmuddeligen Gassen. An den Wänden klebten alte Poster, die zu längst vergessenen Veranstaltungen einluden. Rostige Rohre schlängelten sich entlang der Decken, aus manchen tropfte eine unbekannte Flüssigkeit.

In schummrigen Ecken wurde Karten gespielt, während aus den Lokalen laute Musik dröhnte. Die einen tranken, um zu vergessen die anderen, um sich Mut zu machen.

„Tja… willkommen in den Unteren Gassen von Kamurax," sagte Chubby mit einem gespielt sorglosen Ton, während er die Pfote in die Taschen steckte.

„Hier unten ist es etwas… anders," kommentierte Tommek trocken, während er skeptisch die Umgebung musterte.

Kira ließ ihren Blick schweifen. Tatsächlich das war nicht mehr der bunte, lebendige Markt von oben. Hier war alles enger, gedrückter, gefährlicher.

Sie kamen an einer Bar mit dunkler, abgenutzter Fassade vorbei. Im Inneren war es laut, pulsierende Musik vermischte sich mit dem Stimmengewirr.

Doch Kira nahm ein Gespräch wahr, das nicht zu den üblichen Trinker Geschichten passte.

„Wenn der Typ unsere Kohle nicht hat, dann zerlegen wir einfach den Laden."

Drei zwielichtige Gestalten saßen an einem Tisch, leicht nach vorne gelehnt, während einer von ihnen einen Becher in der Pfote drehte. Ihre Blicke waren scharf, ihre Haltung angespannt.

Kira spürte, wie sich Nyx anspannte. Sein Blick folgte ihrem und er hatte es auch gehört.

„Ja… hier ist es jetzt nicht mehr so schön wie oben," sagte Kira leise.

Chubby schnaubte. „Willkommen in der Realität. Eigentlich gehört mein Bekannter nicht hier runter, aber die guten Plätze oben sind rar und teuer."

Sie ließen die zwielichtigen Gestalten hinter sich und traten durch eine schmale Seitengasse. Schließlich blieben sie vor einem Laden stehen, der weniger nach einem Geschäft als nach einer improvisierten Werkstatt aussah.

Eine rostige Tür glitt zur Seite und heraus trat eine anthropomorphe Echse mit dunkeloranger Haut, gesprenkelt mit schwarzen Flecken. Seine großen, schwarzen Echsenaugen mit den grün leuchtenden Schlitzpupillen fixierten sie sofort.

„Ah... Chubby Fex," sagte der Händler mit einem rauen, fast zischenden Tonfall. „Ihr taucht nur auf, wenn ihr etwas braucht." Chubby grinste breit. „Und du tauchst nur auf, wenn du was verkaufen willst, Plexx."

Ärger im Anmarsch

Plexx musterte die Gruppe mit seinen tiefschwarzen Echsenaugen, während sein langer, gespaltenen Zungenblitz kurz aus seinem Maul glitt. „Hmm... interessante Auswahl an Begleitern, Chubby. Ich hoffe, sie bringen dir nicht so viel Ärger wie deine letzten Kunden."

Chubby grinste und winkte ab. „Plexx, du kennst mich. Ärger? Ich? Niemals."

Nyx bellte zur Begrüßung, und Plexx zuckte leicht zusammen, bevor er den Pelar mit einer Mischung aus Interesse und Vorsicht betrachtete. „Hmpf… ein kluger Freund. Ich mag kluge Freunde."

„Also," fuhr Chubby fort, „hast du alles, was wir bestellt haben?"

Plexx' Pupillen verengten sich. „Natürlich. Ich bin kein Amateur. Aber erst will ich wissen, wer hier alles mit am Tisch sitzt."

Chubby stellte die Gruppe vor, eine Handbewegung für jeden von ihnen. „Das ist Tommek, unser Mechaniker mit den magischen Pfoten. Das hier ist Camy, das wandelnde Chaos mit zu vielen Ideen. Tumin, der Weise mit mehr Geheimnissen als meine alten Bücher. Kira, die Jägerin, die wahrscheinlich jeden in diesem Raum mit einem Pfeil erledigen könnte, bevor er überhaupt blinzelt. Und Nyx… naja, Nyx frisst Leute, wenn sie ihn nicht mögen."

Nyx schnaubte und zeigte genau in dem Moment seine spitzen Zähne, als hätte er verstanden, was Chubby gerade gesagt hatte.

Plexx verzog leicht das Maul zu so etwas wie einem schiefen Grinsen. „Gut. Dann lasst uns über das Geschäft reden."

Doch bevor sie dazu kamen

Die Ruhe währt nicht lange…

Ein lautes, raues Gespräch näherte sich aus der dunklen Gasse. Kiras Ohren zuckten, als sie die Stimmen erkannte.

Sie drehte sich langsam zum Ausgang um.

Nyx spitzte seine Ohren, seine Nackenhaare stellten sich leicht auf. Er knurrte tief aus der Kehle ein Geräusch, das nichts mit spielerischer Aufregung zu tun hatte.

Er sah noch niemanden. Aber er wusste schon, wer da kam.

Und dann

Drei Gestalten traten um die Ecke, die Gesichter verfinstert, die Haltung angespannt.

Die drei Proleten aus der Bar.

Kira rieb sich die Schläfe. „Ohje… das gibt gleich Ärger."

Ungebetene Gäste

Die Stimmung in Plexx' Lagerraum war bis eben noch entspannt gewesen. Doch nun lagen plötzlich Spannung und Unruhe in der Luft.

Sie marschierten mit breiten Schultern und selbstgefälligem Grinsen herein. Der größte von ihnen, ein bulliger Typ mit kurzen Ohren und einem tiefen Kratzer über der Stirn, blieb direkt im Eingang stehen und verschränkte die Arme.

„Na sowas, wen haben wir denn da?" sagte er mit einer Stimme, die klang wie ein rostiger Hydraulikzylinder. Seine beiden Begleiter grinsten gehässig.

Chubby seufzte theatralisch und legte eine Pfote auf seine Brust. „Oh nein! Wenn es nicht die drei humorlosen Schläger aus der Bar sind. Was für eine Ehre!"

„Spar dir die Sprüche, Fuchs," knurrte der Kratzer Typ. „Wir haben gehört, dass dein Händler Freund hier eine Menge Zeug auf Lager hat. Und wir haben Schulden einzutreiben. Also, Plexx du weißt, was das heißt."

Plexx, der Echsenhändler, verdrehte langsam seine großen schwarzen Augen. „Ich schulde euch nichts."

„Vielleicht nicht dir," mischte sich der zweite Kerl ein, ein dürrer, hagerer Typ mit einem abgenutzten Cyber Implantat an der Schläfe. „Aber dein Geschäftspartner hat Schulden. Und wenn er nicht zahlen kann, dann nehmen wir uns halt was aus deinem Lager als… Ausgleich."

Tommek, der sich bis eben noch zurückgehalten hatte, seufzte und schüttelte den Kopf. „Warum laufen solche Typen eigentlich immer in fremde Läden und denken, sie könnten sich einfach bedienen?"

Der dritte Schläger, ein breitschultriger Kerl mit einer metallenen Klaue anstelle einer Hand, grinste dreckig. „Weil wir es können."

Wer fängt an?

„Oh, bitte, bitte," sagte Chubby plötzlich mit einem strahlenden Grinsen. „Lasst uns das doch einfach klären wie vernünftige Geschäftsleute."

„Was für Geschäfte?" fauchte der Schläger mit der Klaue.

„Nun, das hier ist ein Marktplatz! Warum machen wir es nicht auf die klassische Weise? Ihr setzt euch hin, wir trinken ein Gläschen und ich erkläre euch, warum das eine ganz, ganz schlechte Idee für euch ist."

Der Kratzer Typ knurrte. „Wieso sollte ich mich mit einem windigen Gauner wie dir an einen Tisch setzen?"

„Weil ich vielleicht genau das habe, was ihr sucht."

Für einen Moment herrschte Stille.

Kira stützte sich mit verschränkten Armen gegen eine Kiste. Sie kannte Chubby gut genug, um zu wissen, dass er keine Ahnung hatte, was er da tat aber er tat es mit Stil.

Nyx knurrte leise.

„Also gut," sagte der bullige Kerl schließlich. „Dann red."

Chubby schlug die Beine übereinander und tat, als hätte er alle Zeit der Welt. Dann zog er eine kleine Münze aus seiner Weste und begann, sie über seine Finger gleiten zu lassen.

„Ihr drei hattet also vor, hier Ärger zu machen. Und ich kann mir vorstellen, dass ihr euch sicher seid, dass ihr uns überlegen seid, weil ihr euch für harte Jungs haltet."

Die Schläger grinsten.

„Aber wisst ihr, das Problem an eurer Idee ist… dass ihr nicht die Klügsten seid."

Sofort spannte sich die Luft an.

„Was hast du gesagt?!" zischte der Typ mit der Klaue.

„Oh, schon gut. Ich wollte euch nicht beleidigen." Chubby seufzte. „Ich wollte euch nur eine Demonstration geben."

Und in genau diesem Moment warf er die Münze in die Luft.

Während die Schläger irritiert nach oben blickten, setzte Kira sich blitzschnell in Bewegung. In einer fließenden Bewegung trat sie einen herumliegenden Metallstab gegen den Boden und genau in dem Moment, als die Münze wieder herunterkam, ließ sie ihn in Richtung des bulligen Typen aufsteigen.

KLONK.

Der Metallstab traf den Mann genau zwischen die Beine.

„UUUUGH!" Ein schmerzhafter Laut ertönte, als er sich vor Schmerz zusammen krümmte. „Oh. Hab ich euch nicht gesagt, dass ihr nicht die Klügsten seid?" sagte Chubby trocken. Nyx bellte triumphierend.

Drei gegen… zu viele

Das Chaos brach aus.

Der Typ mit der Klaue sprang vor, versuchte, Kira mit einem schnellen Schwung zu erwischen doch sie wich geschickt zur Seite aus, drehte sich mit einer fließenden Bewegung und verpasste ihm einen gezielten Schlag mit dem Handrücken an die Kehle.

Tommek grinste breit. „Na schön, wenn wir schon mal dabei sind!"

Der hagere Typ mit dem Cyber Implantat zog ein Messer aber bevor er auch nur einen Schritt machen konnte, griff Tumin ein. Mit einer ruhigen Bewegung packte er ihn am Handgelenk, verdrehte seinen Arm und setzte mit einem leichten Druck genau den richtigen Nerv außer Gefecht.

„Ahhh! Lass mich los, verdammt!"

„Respekt vor Wissen ist wichtig," sagte Tumin ruhig. „Aber manchmal muss man ihn erst beibringen."

Währenddessen hatte sich der bullige Typ wieder aufgerappelt nur um festzustellen, dass Tommek direkt vor ihm stand.

„Ich bin nicht für sanfte Methoden bekannt, aber ich versuche es mal." Tommek ließ die Finger knacken. „Möchtest du dich einfach hinlegen, oder muss ich nachhelfen?"

Der Kerl versuchte, auf ihn loszugehen. Schlechte Entscheidung.

BÄMM.

Tommek packte ihn, hob ihn ein Stück hoch und ließ ihn einfach rückwärts in eine Kiste fallen.

Ein lautes Scheppern ertönte, als der Deckel zufiel, gefolgt von Stöhnen.

„Hat das jemand gesehen?" fragte Tommek grinsend.

„Ja," sagte Chubby. „Und ich muss sagen, es war sehr unterhaltsam."

Kira hatte sich inzwischen dem letzten der Schläger zugewandt dem Kerl mit der Klaue.

Er wirbelte auf sie zu und holte mit seiner metallischen Pfote aus.

„Bleib einfach stehen, dann wird's nicht wehtun!" fauchte er.

„Oh, das glaube ich nicht," sagte Kira gelassen.

Mit einer geschickten Bewegung trat sie nach vorn, griff nach seinem Arm und zog ihn mit einer schnellen Drehung aus dem Gleichgewicht.

Doch sie war nicht allein.

Während der Schläger rückwärts taumelte, sprang Nyx genau im richtigen Moment hinter ihn.

Seine schwarzen Pfoten setzten sich fest auf den Boden, seine Muskeln spannten sich bereit zum finalen Streich.

Der Typ verlor sein Gleichgewicht, ruderte mit den Armen und stolperte…

KLATSCH!

Sein Kopf krachte gegen den harten Metallboden mit einem satten *Dong*, und er blieb auf dem Rücken liegen.

Nyx trat ruhig einen Schritt vor, stellte sich über ihn und fletschte die Zähne.

Ein tiefes, bedrohliches Knurren vibrierte aus seiner Kehle.

Der Schläger, der noch einen Moment lang orientierungslos blinzelte, sah in Nyx' funkelnde Augen und innerhalb von Sekunden flackerte sein Blick, sein ganzer Körper entspannte sich… und *zack*, seine Augen rollten nach hinten.

Lichter aus. Game over.

Nyx zuckte mit den Ohren, schnaubte zufrieden und tapste lässig zu Kira zurück.

Tommek beugte sich über den bewusstlosen Kerl. „Hat sich selbst ausgeschaltet. Beeindruckend."

„Naja," meinte Chubby schulterzuckend, „der Boden hat ihm geholfen."

Zeit zu gehen

Plexx, der Echsenhändler, trat aus dem Schatten und klappte langsam sein Terminal zu. „Sehr beeindruckend. Und sehr unterhaltsam."

Er blickte auf die halb bewusstlosen Männer. „Ich schätze, sie werden sich bald wieder erholen aber keine Sorge, ich lasse sie rauswerfen."

Chubby grinste. „Sehr freundlich von dir, mein Freund."

Kira seufzte, strich sich das Fell glatt und warf Nyx einen Blick zu. „Gut gemacht."

Nyx schnaufte einmal stolz und tappte weiter.

Tommek klopfte sich die Pfoten ab. „Also, wenn wir hier fertig sind holen wir unsere Sachen und verschwinden."

Tumin nickte. „Eine weise Entscheidung."

Plexx grinste und zog eine Metallbox unter den Tresen hervor. „Alles, was ihr bestellt habt bereit zur Abholung."

„Perfekt," sagte Chubby und schnappte sich die Box.

Die Gruppe ließ die drei am Boden liegen, während sie sich zur Tür aufmachte.

„Denkt ihr, sie werden sich rächen wollen?" fragte Camy, als sie durch die Halle schlenderten.

„Vielleicht," sagte Chubby mit einem breiten Grinsen. „Aber nicht heute." Mit der Ausrüstung im Gepäck war es Zeit, zurück zum Chahluoh zu kehren.

Aufbruch nach Kal'Tharun

Mit ihren neu erworbenen Schätzen kehrten sie auf die Chahlouh zurück und machten sich sofort auf den Weg zur Brücke, um Captain Temur Bericht zu erstatten.

Der Captain verschränkte die Arme und musterte die Gruppe mit scharfem Blick.
„Ihr solltet euch doch keinen Ärger machen..."

Kira schüttelte den Kopf und grinste. „Wir haben keinen Ärger gemacht, wir haben für Ordnung gesorgt."

Nyx bellte zur Bestätigung, als wollte er sagen: *„Genau so ist es!"*

Tommek zuckte mit den Schultern. „Naja, wenn wir nicht bei einem Händler gewesen wären, der seinen Laden im tiefsten Keller versteckt, wäre das nicht passiert."

Chubby lachte. „Aber im Keller findet man meist die wertvollsten Sachen!"

Temur seufzte und fuhr sich mit der Pfote durchs Gesicht. „Haben wir denn alles bekommen, was wir brauchen?"

Chubby nickte selbstbewusst. „Ja klar, Captain! Ich bin doch kein Anfänger!"

Der Captain atmete tief durch. „Gut... dann machen wir uns auf den Weg nach Kal'Tharun."

Camy trat einen Schritt vor und fügte hinzu: „Wir haben jetzt sogar einen genauen Ort, an dem wir suchen müssen Pelltuk."

Temurs Miene verfinsterte sich. Er lehnte sich gegen das Steuerpult und runzelte die Stirn.
„Der Vulkan..." murmelte er. „Das wird aber nicht einfach."

Ein Moment der Stille lag in der Luft. Sie wussten alle, dass Pelltuk kein gewöhnlicher Ort war und dass diese Reise gefährlicher werden könnte, als sie erwartet hatten.

Ein kühner Plan

Captain Temur verschränkte die Arme und warf der Gruppe einen skeptischen Blick zu.
„Wie genau stellt ihr euch vor, zum Vulkan zu kommen? Wir können dort nicht mit dem Chahlouh hinfliegen. Die magnetischen Interferenzen sind zu hoch für unsere Systeme und für Melar selbst."

Chubby grinste verschmitzt. „Ich hätte da eine Idee… aber ich bin mir nicht sicher, ob sie Ihnen gefallen wird, Captain."

Temur seufzte. „Lass hören."

Chubby rieb sich die Pfoten. „Soweit ich weiß, hat jeder Chahlouh ab Bauklasse 4 eine Geggon Staffel an Bord, richtig?"

Der Captain nickte langsam. „Das ist korrekt."

„Gut! Dann könnten wir ein paar Geggons mit den Upgrades ausrüsten, die wir auf der Station besorgt haben. Zum Glück hab ich ein paar mehr bestellt." Chubby grinste stolz. „Damit sollten wir relativ nah an den Vulkan herankommen. Ihr müsst uns nur in der Wüste absetzen."

Der Captain zog eine Augenbraue hoch. „Das ist dein Ernst? Die Systeme der Geggon Kapseln sind nicht zuverlässig. Die magnetischen Interferenzen stören auch ihre Navigation."

Chubby schüttelte den Kopf und sah ihn mit großen Augen an. „Die Geggons können uns auch ohne die Kapsel mitnehmen. Wir müssen uns nur ein paar Stunden mit ihnen beschäftigen, um eine Verbindung zu ihnen aufzubauen. Das dürfte kein Problem sein ich hab schon mit vielen Geggons gearbeitet. Ich denke, das bekommen wir hin!" Er grinste. „Und ohne Kapsel macht das Fliegen viel mehr Spaß! Solange wir die Atmosphäre nicht verlassen, brauchen wir keine Kapseln."

Tommek lachte und rief: „Das kann ich nur bestätigen, Captain!" Er grinste breit schließlich hatte er schon einmal eine kleine Flugstunde mit Juno gehabt.

Chubby klopfte sich stolz auf die Brust. „Keine Sorge, Captain Temur. Damit sollte es funktionieren!"

Der Captain ließ seinen Blick über die Gruppe schweifen, brummte etwas Unverständliches und schüttelte dann den Kopf. „Ich bin nicht begeistert, aber… in Ordnung. Wir setzen den Kurs."

Der Chahlouh löste sich sanft von der Raumstation, beschleunigte und verschwand in die unendliche Weite des Alls.

Ihr Ziel: Kal'Tharun. Ein Vulkan, der mehr Geheimnisse barg, als ihnen lieb sein konnte…

Die Geggon-Staffel

Die Abenteurer gingen zum hinteren Bereich des Chahlouh, wo sich das riesige Hangar befand. Auf dem weg dort hin erzählt Tommek von seiner ersten Begegnung mit den Geggons.

Rückblende:

Ein schöner Tag für Tommek – Tommeks erste Begegnung mit den Geggons

Die große Parade

Der Himmel über Simaja war erfüllt von Jubel und dem rhythmischen Trommeln der Parade. Die Luft vibrierte vor Energie, als die riesige Prozession durch die Straßen zog.

Bunte Banner wehten über den Plätzen, und Tausende von Kashari versammelten sich, um die Verteidigungskräfte des Planeten zu feiern. Heute war der Tag, an dem sie ihre Kunststücke, ihr Können und ihre atemberaubenden Manöver präsentierten und Tommek konnte es kaum erwarten.

Er drängte sich durch die Menge, um einen besseren Blick zu bekommen.

Dann ein tiefes, durchdringendes Summen füllte die Luft.

Tommeks Herz machte einen Satz.

Die Geggons kamen.

Schwarze, glänzende Körper, von leuchtenden Ringen durchzogen, ihre acht Flügel schimmerten in Farben, die an ein flüssiges Ölgemälde erinnerten. Und in den kleinen Kapseln unter ihnen saßen ihre Piloten – die mutigsten Verteidiger des Planeten.

Sie jagten in perfekter Formation durch den Himmel, vollführten atemberaubende Manöver und hinterließen gleißende Spuren in der Luft.

Tommek konnte seinen Blick nicht abwenden. Sein Herz raste.

"Eines Tages," murmelte er sich selbst zu, "eines Tages werde ich da oben sein."

Doch dann fiel sein Blick auf einen kleinen Platz am Rand der Parade dort, wo sich einige Piloten sammelten. Sie waren nicht mehr in der Luft, sondern bereiteten ihre Ausrüstung vor.

Sein Interesse war geweckt.

Juno und die ungehorsame Kapsel

Tommek schlich näher heran. Zwischen all den Piloten und Mechanikern entdeckte er einen Kashari mit sandfarbenem Fell, der fluchend an einer Kapsel herumschraubte.

"Verdammt, nicht jetzt…" murmelte er, während er tief in das Maschinengehäuse griff.

Tommek beobachtete fasziniert, bis plötzlich ein tiefes Brummen durch die Luft schnitt.

Die Triebwerke der Kapsel sprangen für einen Moment an, stotterten, jaulten wie ein krankes Tier und dann, mit einem lauten "PFFFT!", schoß eine Wolke schwarzer Rauch aus dem Antrieb.

Der Mechaniker, jetzt rußverschmiert, blinzelte verwirrt, während Funken um seinen Kopf tanzten.

Der Geggon drehte langsam den Kopf, musterte seinen Piloten mit einem Blick, der nur „Ernsthaft?" bedeuten konnte.

"Sag nichts," murmelte der Pilot.

Tommek konnte nicht anders das war seine Chance.

Die anderen Piloten in der Nähe, die erst erschrocken zusammengezuckt waren, lachten nun.

Der Mechaniker oder war er ein Pilot? schüttelte seufzend den Kopf, ehe er sich den Ruß aus dem Gesicht wischte.

"Na schön," sagte er mit gespielter Resignation. "Jetzt hatten wenigstens alle was zu lachen."

Tommeks Augen leuchteten vor Begeisterung.

"Brauchst du vielleicht Hilfe?" fragte er spontan.

Der Pilot hob eine Augenbraue.

"Du kennst dich mit Antrieben aus?"

"Naja," grinste Tommek, "besser als du gerade, schätze ich."

Der Kashari lachte und reichte ihm die Hand. "Juno Fex. Und wenn du so schlau bist, dann beweis es mir."

Technik, Träume und eine neue Richtung

Zusammen machten sie sich an die Arbeit.

Juno erklärte Tommek die Probleme mit der Kapsel, und der junge Kashari hörte aufmerksam zu. Er erkannte einige Fehler sofort und begann, sie mit geschickten Handgriffen zu korrigieren.

Während sie schraubten, sprachen sie über die Garde, die Piloten und die Geggons.

"Und du willst also mal Pilot werden?" fragte Juno, während er eine Energiezelle einsetzte.

Tommek nickte begeistert. "Schon seit ich ein Kind bin."

Juno betrachtete ihn nachdenklich.

"Weißt du… du bist ziemlich groß für einen Piloten. Ich meine, jetzt passt du vielleicht gerade noch so in die Kapsel, aber…"

Tommek seufzte. "Ja, ich weiß. Wahrscheinlich wachse ich bald raus."

Juno grinste. "Aber du hast ein Talent für Technik. Die Garde braucht auch verdammt gute Mechaniker."

Tommeks Hände hielten einen Moment inne.

Mechaniker.

Er hatte sich das nie richtig überlegt er wollte fliegen, wollte Geggons steuern. Doch die Wahrheit war… er LIEBTE Maschinen.

Er liebte es, Dinge zu verstehen, sie zu reparieren, zu optimieren.

Und er hatte Spaß daran.

Vielleicht war das sein Weg.

Als der Antrieb schließlich wieder einwandfrei lief und Juno ihn testete, grinste er breit.

"Du hast Talent, Tommek. Ich werde mit meinem Staffelführer reden vielleicht gibt's für dich bald einen Platz bei uns."

Tommek konnte es nicht fassen.

"Meinst du das ernst?"

"Toternst." Juno zog ihn spielerisch an den Ohren. "Aber vorher helfen wir meinem Geggon in die Luft. Ich will nicht, dass er sich beim Start wieder selbst in Brand setzt."

Tommek lachte und half Juno, den letzten Schlauch zu befestigen. Als das Triebwerk schließlich problemlos anlief, ließ Juno einen triumphierenden Schrei los.

"Perfekt! Und jetzt pass auf das wird die beste Flugshow des Tages!"

Tommek trat zurück, während Juno in seine Kapsel stieg. Sein Geggon summte leise, als die Antriebe sanft aufleuchteten. Mit einem letzten Blick auf Tommek nickte Juno ihm zu.

"Vergiss nicht du musst nicht fliegen, um hoch hinaus zu kommen."

Dann hob der Geggon majestätisch ab, seine Flügel reflektierten das Sonnenlicht in tausend Farben. Tommek sah ihm nach ein Gefühl von Aufregung und Vorfreude breitete sich in ihm aus.

Vielleicht würde er nie ein Pilot werden.

Aber er würde trotzdem ein Teil von etwas Großem sein.

Der Flug mit Finn

Später am Abend holte Juno Tommek ab.

Der Wald war still, nur das leise Rascheln der Blätter und das Zirpen von Nachtinsekten durchbrachen die Ruhe. Tommek folgte Juno durch die schmalen Pfade des Waldes, den Blick immer wieder fragend zu seinem Begleiter werfend.

"Juno, wo genau gehen wir eigentlich hin?" fragte er misstrauisch.

Juno grinste verschmitzt. "Du wirst es gleich sehen. Vertrau mir."

Der Wald öffnete sich plötzlich zu einer Lichtung, auf der ein spiegelglatter See lag. Das Wasser reflektierte das silberne Licht der zwei Monde, die über dem Horizont schwebten. Die Luft roch frisch nach feuchtem Moos und blühenden Nachtblumen.

Juno trat vor, legte zwei Finger an seine Lippen und pfiff einmal laut.

Sekunden später hörte Tommek ein leises Summen in der Luft, gefolgt von einem kräftigen Flügelschlag. Finn, Junos Geggon, tauchte aus dem Nachthimmel auf und landete geschmeidig am Ufer des Sees. Doch er war nicht allein.

Ein zweiter Geggon schwebte hinter ihm her und setzte zur Landung an. Seine schwarz glänzende Haut war mit grünen, pulsierenden Ringen durchzogen, und seine Facettenaugen reflektierten das Mondlicht in unzähligen Farben.

"Was... was hast du vor?" fragte Tommek aufgeregt.

Juno grinste breit.

"Du wolltest doch schon immer fliegen, oder? Jetzt hast du die Chance."

Tommek riss die Augen auf. "Warte... WAS?! Meinst du das ernst?!"

Juno klopfte Finn auf die Seite. "Ganz genau. Ich werde mit Vera fliegen, und du darfst mit Finn fliegen. Keine Kapsel, keine Einschränkungen. Nur du, der Wind und der Himmel. Wenn du dich traust."

Tommek konnte nicht glauben, was er da hörte. Sein Herz pochte vor Aufregung. "Ich... ich kann das doch gar nicht!"

Juno zwinkerte ihm zu. "Finn wird dich tragen. Ich gebe ihm die Anweisungen. Vertrau ihm und vertraue dir selbst."

Finn senkte seinen leuchtenden Körper ein Stück und streckte behutsam seine kräftigen Vorderbeine aus, die wie geschmeidige Halterungen wirkten.

Tommek trat näher, legte vorsichtig eine Hand auf die warme, leicht vibrierende Haut des Geggons sie pulsierte vor Energie.

Mit einer fließenden Bewegung nahm Finn ihn auf, seine muskulösen Gliedmaßen umfassten Tommek sicher.

Für einen Moment hielt Tommek den Atem an sein Herz pochte wie wild, während sich Finns Flügel langsam entfalteten, bereit für den Flug.

"Okay… das ist verrückt."

Juno lachte. "Dann ist es genau das Richtige für dich!"

Der erste Flug

Tommek trat vorsichtig näher und ließ sich in die kraftvollen Arme des Geggons sinken, der ihn mit einer geschmeidigen Bewegung aufnahm.

Finns kräftige Beine umfassten seinen Passagier sicher, als wären sie eigens dafür gemacht, durch die Lüfte zu tragen. Es fühlte sich an, als würde man von lebendiger Energie umschlossen jede Muskelbewegung des Geggons war präzise und voller Spannung.

Seine Flügel zuckten bereits in Vorfreude, bereit, sich in die Lüfte zu erheben.

"Bereit?" rief Juno von Vera aus.

"Nein!" rief Tommek panisch zurück.

"Zu spät!"

Mit einem einzigen kräftigen Schlag seiner Flügel hob Finn ab. Der Boden verschwand unter Tommeks Füßen, die Bäume wurden zu grünen Silhouetten, und ehe er sich versah, raste er in den Nachthimmel hinauf.

Der Wind peitschte ihm ins Gesicht, sein Herz schlug wie wild. Für einen Moment klammerte er sich panisch an Finns Beinen, doch dann spürte er es.

Finns Bewegungen waren sanft, fast tänzerisch. Er spürte die Luftströmungen, lenkte sich mühelos mit seinen schillernden Flügeln, und Tommek merkte, dass er keinen einzigen Moment Angst hatte.

Er lachte. "Ich fliege… Ich fliege WIRKLICH!"

Juno schoss mit Vera an ihm vorbei. "Wusste ich doch, dass du es lieben würdest!" rief er über den Wind hinweg.

Sie flogen über die Wälder von Thariis, über sanfte Hügel, vorbei an ruhigen Dörfern, deren Lichter wie kleine Sterne funkelten. Tommek fühlte sich frei wie nie zuvor.

Dann Finn neigte leicht die Flügel, drehte sich in einer eleganten Spirale und ließ Tommek das unglaubliche Panorama des Planeten betrachten. Die Monde spiegelten sich im endlosen Ozean, und in der Ferne schimmerte die große Hauptstadt wie ein Sternenmeer.

Es war das schönste Gefühl, das er je erlebt hatte.

Juno näherte sich mit Vera. "Und, mein Freund? War's das wert?"

Tommek grinste breit. "Du hast ja keine Ahnung."

Die Rückkehr & ein unvergesslicher Moment

Nach einem Flug, der sich wie eine Ewigkeit anfühlte, steuerten sie wieder den See an. Finn landete sanft, ließ Tommek langsam auf den Boden gleiten. Seine Beine fühlten sich noch zittrig an aber sein Herz war voller Euphorie.

Juno sprang von Vera und klopfte ihm auf die Schulter. "Ich glaube, du hast gerade den besten Moment deines Lebens erlebt."

Tommek atmete tief durch. "Das… war das Unglaublichste, was ich je gemacht habe."

Sie ließen sich am See nieder, wo das sanfte Wasser im Licht der Monde glitzerte. Die beiden Geggons ruhten sich aus, während Tommek und Juno noch eine Weile zusammen saßen, lachten und über die Zukunft sprachen.

"Also," begann Juno schließlich, "auch wenn du kein Pilot wirst… wenn du irgendwann mal Lust auf einen Flug hast, weißt du ja, wen du fragen kannst."

Tommek nickte, ein Lächeln auf den Lippen.

"Oh, darauf kannst du dich verlassen."

Die Nacht war still, der Himmel weit und Tommek wusste, dass er diesen Moment niemals vergessen würde.

Tommeks Traum mag sich verändert haben aber an diesem Abend wurde ihm klar, dass er trotzdem seinen Platz im Himmel finden würde.

Er wird kein Pilot aber er wird der beste Mechaniker, den die Garde je gesehen hat.

Und eines Tages… wird er wieder fliegen.

Zurück zur Geschichte:

Das gewaltige Tor, das direkt ins All führte, lag fest verriegelt vor ihnen. In der Mitte der Halle stand die Geggon Staffel sechzehn majestätische Geggons, jeder mit seinem eigenen Platz, an dem er versorgt und ausgerüstet wurde.

Die Geggon Staffel war der ganze Stolz des Schiffes. Sie war nicht nur der Schutz für den Chahlouh, sondern auch für den Planeten Thariis, wenn die Crew zu Hause war.

Als die Abenteurer in das riesige Hangar traten, blieb Kira kurz stehen und betrachtete die Geggons mit leuchtenden Augen.

„Das sind einfach wunderschöne Geschöpfe," sagte sie leise.

Chubby nickte zustimmend. „Und unheimlich schlau."

Kira trat einen Schritt näher und betrachtete eines der großen Wesen aus der Nähe. „Aber ich weiß nicht, ob sie sich von uns reiten lassen…"

Chubby grinste. „Du reitest sie eigentlich gar nicht. Sie tragen dich mit ihren Beinen, aber du musst ihnen sagen, wo du hinwillst. Und das lernen wir jetzt."

Die Verbindung zu den Geggons

Chubby führte Kira zu einem der Geggons. Das große Wesen neigte seinen Kopf leicht und musterte sie mit seinen riesigen, klugen Augen. Es schien ihre Anwesenheit zu registrieren, doch es wartete auf was, wusste Kira nicht genau.

Telepathie war nicht gerade ihre Stärke. Die einzige Erfahrung, die sie damit hatte, war die schwache Gedankenverbindung zu Nyx, die sich langsam, aber sicher verbesserte.

Chubby grinste. „Das ist eigentlich ganz einfach, wenn man mal den Dreh raus hat."

Kira schnaubte. „Leicht gesagt, wenn man schon mit so vielen Geggons zu tun hatte wie du."

Er lachte leise. „Pass auf. Komm mal her."

Er nahm ihre Pfote, zog sie sanft näher an den Geggon heran und legte ihre Pfote auf dessen Kopf genau zwischen die Augen. Das Tier war warm, lebendig. Seine riesigen Augen fixierten sie neugierig.

„Jetzt schließ die Augen und konzentrier dich", sagte Chubby.

Kira atmete tief ein, versuchte, sich auf das zu fokussieren, was sie spüren konnte. Erst war da nur eine vage Präsenz, wie ein Echo, das durch dicke Mauern drang weit entfernt und schwer greifbar.

Doch je stärker sie sich konzentrierte, desto deutlicher wurde es.

Ein leises Summen.

Dann ein melodischer Klang, fast wie ein Lied, das an ihren Gedanken rüttelte.

Plötzlich öffnete sie die Augen.

In ihrem Kopf hallte eine Stimme wider nicht in Worten, sondern in Bedeutung, direkt in ihre Gedanken geformt:

„Freund?"

Kira zuckte überrascht zusammen, sagte aber nichts. Sie dachte nur: Ja. Ich bin ein Freund. Ich will dir nichts Böses. Der Geggon blinzelte langsam. **„Hilfe?"**

Ja, dachte sie. Du und deine Freunde müsst uns zu einem gefährlichen Ort bringen. Es ist wichtig. Wir suchen nach einem Artefakt und schaffen das nicht ohne euch.

Der Geggon schien einen Moment lang nachzudenken. Dann drehte er sich um, breitete seine großen Flügel aus und gab ein paar seltsame Laute von sich.

Kurz darauf traten fünf weitere Geggons aus der Gruppe nach vorn, reihten sich nebeneinander auf als würden sie sich freiwillig melden. Der Geggon vor ihr wandte sich wieder Kira zu, und erneut hörte sie die Stimme in ihrem Kopf:

„Freunde des Captains sind Freunde von uns. Wir werden helfen."

Ein warmes Gefühl breitete sich in ihr aus.

Die Vorbereitung

Die nächsten Stunden verbrachten die Gefährten damit, sich mit den Geggons vertraut zu machen, jenen faszinierenden Flugwesen, die sie mit ihren kräftigen Gliedmaßen tragen wie ein großer Gleiter. Sie mussten lernen, sich mental mit ihnen zu verbinden eine fragile, aber intensive Verbindung, die mehr Vertrauen als Kontrolle bedeutete.

Nyx hingegen war alles andere als begeistert. Als ihn das erste Mal eines dieser geggonischen Beine am Bauch berührte, zuckte er zusammen und fauchte. als wollte er das… kitzelt!, Kira lachte. „Du bist so ein Drama-Pelar!"

Sie kraulte ihm beruhigend zwischen den Ohren. „Ich weiß, es ist ungewohnt.Aber du willst doch auch it kommen." Nyx grummelte, ließ sich dann aber widerwillig von dem geggon tragen.

Camy hingegen war hin und weg. „Die sind so schön, habt ihr mal diese Farbübergänge gesehen? Und die Beinmuskulatur! Die sind wie lebende Kunstwerke!", rief er begeistert, während er vorsichtig über das schillernde Panzerchitin seines Geggons strich.

Er hatte kaum Probleme, sich mit seinem Tier zu verbinden seine natürliche Neugier und sein offenes Herz machten es ihm leicht. Schon nach wenigen Minuten schwebte er in einer eleganten Drehung über dem Boden, der Geggon fest an ihn geklammert wie ein überdimensionaler Libellenfreund.

Chubby, der sich ohnehin wie zu Hause fühlte zwischen Geschwindigkeit, Wind und Bewegung, war sofort in seinem Element.

„Also DAS, meine Freunde, ist hundert Mal besser als jede Rennbahn!", rief er und sauste in einer weiten Kurve durch die Luft, während sein Geggon fast schon spielerisch kleine Loopings einbaute. Die beiden waren wie geschaffen füreinander ein echtes Dream Team in luftiger Höhe.

Tommek hatte mit der Verbindung zwar etwas mehr zu kämpfen, doch sein Geggon schien geduldig zu sein vermutlich, weil es sich von Tommeks innerer Ruhe und Kraft angezogen fühlte.
„Schon gut, Großer", murmelte Tommek. „Du magst robust sein ich auch. Wir verstehen uns."

Tumin hingegen stand mit verschränkten Armen am Rand und verzog das Gesicht.
„Ich werde nicht getragen. Ich schreite."
Kira hob eine Augenbraue.
„Du wirst auch nicht schreiten, wenn du zurückbleibst."
Er seufzte. „Wenn es denn sein muss… aber man wird mich nicht… baumeln sehen."
Der Moment, als der Geggon ihn schließlich sanft aufnahm, war gespickt mit einem so steifen Gesichtsausdruck, dass selbst Tommek kichern musste.

Kira selbst hatte einen besonderen Zugang. Ihr Geggon war derselbe, dem sie als Erste begegnet war und mit dem sie nun fast wortlos kommunizieren konnte. Sie spürte seinen Rhythmus, seine Absichten als wäre er ein Teil ihres Geistes geworden.

Nachdem alle ihre mentalen Verbindungen aufgebaut hatten, schwebten sie für einen Moment in der Luft ein buntes, schillerndes Ensemble aus fliegenden

Freundschaften, getragen von leisen Flügeln und großem Vertrauen.

Die Mission konnte beginnen.

Der Anflug auf Kal'Tharun

Die Brücke des Chahlouh war erfüllt von einem leisen Summen der Systeme, während das Schiff langsam auf den Wüstenplaneten Kal'Tharun zuhielt. Das große Panoramafenster bot einen atemberaubenden Blick auf die raue, unbarmherzige Landschaft unter ihnen. Sanddünen erstreckten sich bis zum Horizont, unterbrochen von schroffen Felsformationen, die wie uralte Narben in der kargen Erde lagen. In weiter Ferne glitzerte der Ozean wie ein ferner Traum, unerreichbar und trügerisch friedlich.

Die Abenteurer standen gemeinsam auf der Brücke, fasziniert von dem, was sich vor ihnen erstreckte.

„Wow… das ist also Kal'Tharun," murmelte Kira und verschränkte die Arme. „Sieht nicht gerade einladend aus."

„Sieht aus, als hätte jemand einen riesigen Aschenbecher umgekippt," brummte Tommek und lehnte sich an eine Konsole.

„Ein sehr heißer und windiger Aschenbecher," fügte Chubby grinsend hinzu und überprüfte seine Ausrüstung.

Camy legte die Stirn in Falten, als er die weit entfernten, dunklen Wolken beobachtete, die um den Vulkan kreisten. „Und da müssen wir hin? Perfekt. Ich wollte schon immer mal in einen glühenden, sturm umzingelten Höllenschlund klettern."

Der Captain stand mit verschränkten Armen vor ihnen und schüttelte den Kopf. „Ein Stück können wir euch noch näher ranbringen, aber dann müsst ihr alleine weiter." Er deutete auf die Sensoren, die auf einem der Bildschirme tanzende rote Wirbel anzeigten. „Die Stürme dort unten sind brutal. Unsere Systeme melden starke magnetische Störungen, und je näher wir dem Vulkan kommen, desto instabiler wird alles. Ich kann nicht riskieren, dass wir in so einen Sturm geraten."

Nyx, der mit den Ohren zuckte, gab ein unzufriedenes Brummen von sich, als hätte er verstanden, dass das hier eine riskante Sache war.

Kira nickte und sah den Captain entschlossen an. „Dann bringen wir uns in Position, sobald wir abgesetzt werden. Wir kommen schon zurecht."

„Jaja, solange keiner von uns gegrillt wird," murmelte Camy.

Tommek klopfte ihm auf die Schulter. „Keine Sorge, wenn du verbrennst, heb ich deine Asche auf und bastel eine kleine Gedenktafel für dich."

„Sehr beruhigend, danke."

Der Captain sah die Gruppe an und seufzte. „Dann geht ins Hangar und macht euch bereit. Wir haben gleich den Punkt erreicht, an dem wir nicht mehr weiterkönnen. Von da an seid ihr auf euch gestellt."

Chubby grinste breit. „Na dann, lasst uns die Party starten. Ich wollte schon immer auf einem wütenden Vulkan landen!"

Mit einem letzten Blick auf den bedrohlich wirkenden Vulkan in der Ferne machte sich die Gruppe auf den Weg zum Hangar, während das Schiff langsam tiefer in die Atmosphäre von Kal'Tharun eintauchte. Die Luft flimmerte vor Hitze, und irgendwo in der Ferne blitzte ein erstes elektrisches Auflodern in den dunklen Wolken auf.

Ein Abenteuer, das noch gefährlicher werden würde, als sie ahnten, hatte gerade erst begonnen.

Der Aufbruch in die Wüste

Die Gruppe betrat das große Hangar, das von gedämpftem Licht erhellt wurde. In den Reihen der Geggon Staffel herrschte geschäftiges Treiben. Chubby werkelte bereits mit geschickten Pfoten an den Modulen und rüstete die Geggons mit den Upgrades aus, die sie zuvor auf der Station besorgt hatten.

Währenddessen überprüfte jeder seine eigene Ausrüstung. Camy zog die Gurte seines Fluganzugs fest, Tommek rollte demonstrativ die Schultern, um die Beweglichkeit seiner neuen Verstärkungen zu testen, und Kira schob prüfend eine frische Ladung Pfeile in ihren Köcher.

Chubby sah kurz auf ein kleines, tragbares Display. „Ich habe den Vulkan gescannt… aber außer natürlichen Höhlen und Hohlräumen gibt es dort eigentlich nichts." Er kratzte sich nachdenklich am Kinn. „Und dieses Höhlensystem ist riesig. Haben wir denn irgendeinen Anhaltspunkt, wo wir suchen müssen?"

Camy schüttelte den Kopf. „Leider nicht…"

Tommek überlegte kurz, dann blickte er zu Kira. „Vielleicht kann Kira wieder ihre Fähigkeiten nutzen, um den Weg zu finden?"

Kira hob die Augenbrauen. „Meine Fähigkeiten? Meinst du etwa, ich soll mich blind durch ein ganzes Höhlensystem tasten?"

Camy grinste. „Nicht blind, aber du hast ein Talent dafür, Dinge zu spüren, die andere nicht bemerken. Vielleicht gibt es eine Spur, die nur du findest."

Kira seufzte theatralisch, legte eine Pfote aufs Herz und sagte mit gespielter Dramatik: „Es ist wirklich ein Fluch, so talentiert zu sein…" Dann zuckte sie mit den Schultern. „Aber ehrlich? Klingt nach einem Plan. Ich brauch nur eine gute Ausgangsposition also müssen wir erst einmal näher ran."

Chubby klappte sein Werkzeug zusammen, wischte sich die Pfoten an seinem Overall ab und drehte sich zur Gruppe. „Na dann, Leute, ich hab alles vorbereitet. Seid ihr bereit für ein Abenteuer?"

Ein kurzer Blick in die Runde entschlossene Gesichter, angespanntes Kribbeln in der Luft. Nyx hob neugierig den Kopf und bellte bekräftigend.

„Das nehme ich als Ja!" Chubby lachte und gab dem Crewman am Hangartor ein Zeichen.

Mit einem tiefen, mechanischen Brummen beginnen die massiven Türen sich zu öffnen. Ein heißer Luftstrom fegt in das Hangar, Sandkörner wirbeln durch die Luft. In der Ferne ragen die schroffen Felsformationen von Kal'Tharun aus der glühenden Wüste.

Die Geggons spüren die bevorstehende Reise und bewegen ihre Flügel unruhig. Einer nach dem anderen senkt seine kräftigen Trage Beine, um die Gruppe aufzunehmen.

Einer nach dem anderen traten sie vor kraftvoll, majestätisch, bereit für den Flug. Jeder Abenteurer wurde von seinem zugewiesenen Geggon erwartet, als wäre es eine unausgesprochene Verbindung zwischen ihnen.

Chubby grinst. „Na dann, los geht's!"

Mit einem gemeinsamen Satz heben sich die Geggons in die Luft und gleiten aus dem Hangar hinaus in die unendliche Weite der Wüste.

Der Griff des Sturms

Die flirrende Hitze der Wüste ließ die Luft über den goldenen Dünen tanzen, während die Gruppe auf ihren Geggons durch den endlosen Sand flog. Die schroffen Felsen, die sich vereinzelt zwischen den Dünen erhoben, wirkten wie die Skelette uralter Titanen, verwittert und von der Zeit gezeichnet.

Es war heiß brennend heiß. Der Wind, der durch die Wüste fegte, trug feinen Sand mit sich, der sich in Kleidung, Fell und sogar zwischen den Zähnen festsetzte.

Camy verzog das Gesicht, als ihm erneut Sand in die Augen flog. „Ugh... kann mir jemand erklären, warum ich mir ausgerechnet ein Abenteuer in der Wüste ausgesucht habe?"

„Weil du ein geborener Held bist, Camy!" rief Chubby von der Seite grinsend.

„Na klar... ein Held, der langsam zu einer wandelnden Sandburg wird."

Kira lachte kurz, doch genau in diesem Moment schlug das Schicksal zu.

Ein gewaltiger Windstoß, plötzlich und unerwartet, raste mit einer unheimlichen Kraft über die Dünen hinweg. Camy und Kira spürten, wie ihre Geggons plötzlich unruhig wurden dann riss sie der Sturm mit einem gewaltigen Ruck aus der Formation.

„Was zum?!"

Es fühlte sich an, als hätte eine riesige, unsichtbare Hand sie gepackt und einfach durch die Luft geschleudert. Die Geggons schrien erschrocken auf, flatterten wild mit ihren Flügeln, aber sie hatten keine Chance gegen die rohe Kraft des Sturms.

Camy und Kira wurden wie Blätter im Wind davongetragen, trudelten hilflos durch die Luft und wurden über mehrere Dünen geschleudert. Dann ein harter Aufprall.

Sand flog in alle Richtungen, als die beiden auf dem Boden aufschlugen.

Einen Moment lang war alles still.

Dann hörte man das Rauschen des Windes und das leise, besorgte Bellen von Nyx, der mit den anderen Geggons heran geflogen kam.

„Camy! Kira!" rief Tommek, als er mit seiner Gruppe an der Absturzstelle landete.

Als sie näher kamen, sahen sie, wie sich Camy bereits wieder aufrappelte. Mit einem genervten Stöhnen klopfte er sich den Sand aus dem Fell und spuckte ein paar Körner aus.

„Das war eine der unschönsten Landungen, die ich je hatte… und ich hatte schon viele unschöne Landungen."

Doch dann erst bemerkte er Kira.

Sie lag noch im Sand.

Sein Herz setzte für einen Moment aus.

„Kira!" Er sprang zu ihr hin, fiel auf die Knie und klopfte ihr leicht auf die Wange. „Alles okay? Kira, wach auf!"

Ein leises Stöhnen kam über ihre Lippen, dann öffnete sie langsam die Augen.

„Ah… au… Was war das denn? Hat uns da irgendwas umgerannt?"

Camy atmete erleichtert aus. „Ja, der Wind persönlich. Hast du dir was getan?"

Kira setzte sich langsam auf, rieb sich die Schläfen und verzog das Gesicht. „Mein Arm tut etwas weh… ich glaube, er ist verstaucht."

„Sonst noch was?"

Sie bewegte vorsichtig ihr Knie und zuckte leicht zusammen. „Ein bisschen lädiert, aber nichts Schlimmes."

„Puh…" Camy stand auf und half ihr hoch. „Das war echt knapp."

„Das meine ich nicht!" rief plötzlich Tommek.

Die Gruppe drehte sich um und blickte zum Horizont.

Dort, wo eben noch der klare Himmel gewesen war, braute sich etwas zusammen. Eine dunkle, bedrohliche Wand aus dichten, rot schwarzen Wolken zog mit unnatürlicher Geschwindigkeit heran. Blitze zuckten durch die Front, zuckende Entladungen in violetten und blauen Farben, begleitet von einem tiefen, bedrohlichen Grollen.

„Das ist kein normaler Sturm," sagte Tommek.

Camy schluckte. „Ich hab ein ganz mieses Gefühl…"

Der Atem der Wüste

Das Grollen des herannahenden Sturms wurde lauter, vibrierte durch die Luft wie das Knurren eines wütenden Riesen. Die elektrische Ladung in der Atmosphäre war spürbar es kribbelte auf der Haut, im Fell, selbst die Geggons schienen es zu spüren.

„Das sieht nicht gut aus…" murmelte Camy und nahm einen Schritt zurück.

„Ganz und gar nicht," bestätigte Kira, während sie sich vorsichtig den Arm rieb.

Ein greller Blitz zuckte aus den Wolken, schlug irgendwo tief in den Dünen ein und ließ eine riesige Sandfontäne hochspritzen. Kurz darauf folgte ein zweiter Blitz, begleitet von einem unnatürlich tiefen Donnern.

Chubby runzelte die Stirn. „Das hier ist ein Magnetsturm… das erklärt die seltsamen Blitze. Die elektrischen Felder in der Luft werden aufgeladen und entladen sich unkontrolliert."

„Und was heißt das für uns?" fragte Camy mit leicht panischer Stimme.

„Dass wir verdammt schnell von hier verschwinden sollten, bevor uns einer dieser Blitze trifft."

Ein weiterer Blitz schoss über den Himmel und streifte eine der Felsformationen in der Ferne augenblicklich begann das Gestein zu knistern, als feine, funkelnde Entladungen über seine Oberfläche liefen.

„Äh… ja. Ich bin für schnell weg hier."

Nyx knurrte leise und zuckte mit den Ohren, als könnte er das magnetische Brummen in der Luft spüren.

„Wir haben noch den Anker dabei," erinnerte Chubby die Gruppe. „Falls der Sturm zu stark wird, können wir uns damit im Boden verankern."

Camy warf einen skeptischen Blick auf das Gerät an Chubbys Gürtel. „Und das hält uns davon ab, vom Wind weggeblasen zu werden?"

Chubby zuckte mit den Schultern. „Hoffentlich. Ich hatte gehofft, wir bräuchten ihn nicht, aber…"

Tommek deutete nach vorne. „Vergesst den Anker! Seht ihr das?"

Tumin kniff die Augen zusammen und nickte. „Die Felsen vor dem Vulkan! Wenn wir es dorthin schaffen, könnten wir einen Überhang oder eine Höhle finden, die uns Schutz gibt."

Die dunklen Wolken rollten jetzt in alarmierender Geschwindigkeit näher. Der Wind frischte auf, zerrte an ihren Kleidern, und überall in der Luft knisterte die aufgeladene Energie.

„Das ist unsere beste Chance," sagte Kira und gab ihrem Geggon ein zeichen zum starten.

Die anderen folgten, ihre Gedanken wurden zu einem gemeinsamen Befehl an die flinken Kreaturen. Die Geggons stießen sich ab, ihre Flügel sirrten laut, als sie sich in Bewegung setzten.

Der Wind drückte sie zur Seite, versuchte sie zu fassen und in den brodelnden Sturm zu ziehen. Doch die Gruppe kämpfte dagegen an, hielt ihre Formation und flog entschlossen auf die Felsen zu.

Hinter ihnen tobte der magnetische Sturm, ein grollendes Ungetüm aus Blitzen, Dunkelheit und Sand.

Sie hatten nicht mehr viel Zeit.

Zuflucht im Fels

Der Sturm war direkt hinter ihnen. Ein tobendes Ungeheuer aus Sand und Energie, das mit jedem Atemzug näher kam und grollend durch die Wüste fegte. Der Wind heulte wild um sie herum, und Sand wirbelte in dichtem Nebel durch die Luft, sodass sie kaum mehr die Umrisse ihrer eigenen Pfoten sehen konnten.

Die Geggons kämpften tapfer gegen die brachiale Gewalt des Sturms an, ihre mächtigen Flügel surrten hektisch und kraftvoll, während sie versuchten, ihre Passagiere vor der Gewalt der Natur zu schützen.

„Haltet durch! Es ist nicht mehr weit!" rief Tommek gegen den tobenden Wind an, doch seine Stimme wurde sofort vom Sturm verschluckt.

„Wo ist 'nicht weit'? Ich seh' gar nichts mehr!" schrie Camy zurück und versuchte verzweifelt, durch den Sandsturm etwas zu erkennen.

Plötzlich kniff Kira die Augen zusammen. Zwischen Sand und wirbelndem Staub glaubte sie, etwas entdeckt zu haben.

„Da vorne! Da ist ein Felsspalt! Schnell, folgt mir!"

Die Geggons reagierten sofort, und gemeinsam schossen sie auf den schmalen Spalt in der schroffen Felswand zu. Der Wind zerrte brutal an ihnen, doch mit letzter Kraft schafften sie es hinein.

Die Luft wurde schlagartig ruhiger, als sie in den Spalt eintauchten. Der Sturm brüllte zwar noch immer wütend draußen, aber hier drinnen war es vergleichsweise still.

Chubby atmete erleichtert aus. „Puh! Das war knapp! Alle heil?"

„Sandig, aber lebendig," brummte Camy, während er eine beachtliche Menge Sand aus seinen Ohren klopfte.

Chubby griff nach dem Magnetanker, den sie zuvor auf der Kamurax Station erworben hatten, und stellte ihn sorgfältig auf dem felsigen Boden am eingang der spalte auf. Ein leises Summen ertönte, gefolgt von einem kaum spürbaren Vibrieren.

„Das sollte uns erstmal etwas Schutz geben," erklärte er und klopfte zufrieden auf das Gerät.

Die Gruppe sah sich vorsichtig um. Der Felsspalt war größer, als es zunächst den Anschein hatte. Er führte einige Meter tief in den Felsen hinein und erweiterte sich zu einem schmalen Gang, der weiter in den Berg hineinführte.

„Interessant…" Tumin ließ seinen Blick langsam über die steinernen Wände wandern. „Dieser Spalt sieht fast aus, als wäre er künstlich angelegt."

„Na, dann hoffe ich mal, dass derjenige, der ihn angelegt hat, freundlich war," meinte Camy trocken.

Nyx schnaubte zustimmend und schüttelte sich, sodass eine Wolke aus Sand durch den Spalt flog.

„Ich bin dafür, dass wir hier kurz Pause machen," schlug Kira vor, während sie vorsichtig ihren Arm untersuchte. „Ein paar Minuten Ruhe könnten wir alle gebrauchen."

Die Gruppe nickte erleichtert und ließ sich auf dem felsigen Boden nieder. Der Sturm tobte weiter draußen, doch hier, tief in ihrem unerwarteten Zufluchtsort, herrschte eine beinahe unheimliche Stille.

„Wenn es nicht so lebensgefährlich wäre, könnte man fast sagen, es ist gemütlich hier," bemerkte Chubby mit einem Grinsen und lehnte sich entspannt zurück.

„Sag das bloß nicht zu laut. Nachher hört uns noch jemand," erwiderte Camy mit gespielter Besorgnis.

Die Gruppe lachte leise. Trotz des Sturms, der draußen tobte, und des unbekannten Weges vor ihnen, fühlten sie sich für diesen Moment sicher. Und doch ahnten sie nicht, was sie noch erwarten sollte…

Ruf aus der Tiefe

Die Gruppe machte eine kurze Pause, um wieder zu Atem zu kommen. Das Heulen des Sturms draußen klang wie das wütende Brüllen eines unsichtbaren Ungeheuers, aber hier drin, geschützt durch den Magnetanker, war es erstaunlich still. Nur das gelegentliche Knistern von magnetisch geladenen Sandkörnern, die gegen das Kraftfeld prallten, störte die Stille.

Kira lehnte erschöpft an der kühlen Felswand, ihre Schulter pochte dumpf vom Sturz. Sie massierte die schmerzende Stelle vorsichtig und atmete tief durch. Ihre Augen folgten Camy, der zusammen mit Nyx neugierig vor dem schmalen Spalt stand, der tiefer in den Berg hineinführte.

Die Dunkelheit des Ganges schien undurchdringlich, nur die schwachen Lichtkegel ihrer Handgelenkslampen warfen diffuse Schatten an die rauen Wände. Camy starrte wie gebannt in die Finsternis, seine Ohren zuckten leicht, als könnte er etwas hören oder spüren, das den anderen verborgen blieb.

Nyx stand neben ihm, blickte aufmerksam zwischen Camy und der Dunkelheit hin und her. Der Pelar schien unsicher, knurrte leise und legte die Ohren an. Offensichtlich spürte auch er, dass dort unten etwas lauerte.

„Alles in Ordnung, Camy?", fragte Kira schließlich, nachdem Camy lange stumm in die Dunkelheit geblickt hatte.

Camy blinzelte, als erwachte er aus einem Tagtraum, und drehte sich langsam zu ihr um. „Ja... aber irgendwie habe ich das Gefühl, dass wir uns unbedingt da unten umsehen sollten."

Chubby, der gerade dabei war, seine Ausrüstung zu überprüfen, blickte skeptisch zu Camy. „Irgendwie klingt das nicht gerade beruhigend, Camy. Weißt du denn, was dich da ruft?"

Camy schüttelte den Kopf und seufzte leise. „Keine Ahnung. Es ist mehr wie ein Gefühl, ein Ziehen. Als würde irgendetwas dort unten darauf warten, entdeckt zu werden."

Tommek zuckte mit den Schultern und grinste breit. „Klingt genau wie die Art von Abenteuer, die uns magisch anzieht."

Kira lächelte trotz ihrer Schmerzen und erhob sich langsam. „Na gut, Leute. Wenn Camy sagt, dass da unten was ist, dann sollten wir uns das ansehen."

Nyx wedelte zustimmend mit dem Schwanz und schnaufte, als wollte er sagen: „Dann lasst uns endlich loslegen!"

Ein Weg ohne Geggons

Kira betrachtete nachdenklich den schmalen Spalt, der tiefer in den Berg führte, und schüttelte den Kopf.

„Der ist viel zu eng für die Geggons. Wir müssen sie hier lassen."

Chubby nickte zustimmend und klopfte einem der großen Wesen beruhigend auf den Hals. „Macht euch keine Sorgen um sie. Hier drin passiert ihnen nichts. Wir holen sie selbstverständlich wieder ab, sobald wir zurückkommen."

Die Geggons schienen zu verstehen, gaben leise, zustimmende Geräusche von sich und zogen sich in den Schutz des Felsüberhangs zurück.

Kira trat zum Spalt und leuchtete mit ihrer Handgelenkslampe hinein. Die Dunkelheit wirkte wie ein schwarzer Vorhang, kaum durchdringbar, doch sie erkannte, dass der Spalt nach wenigen Metern etwas breiter wurde und tiefer in den Berg hineinführte.

„Sieht aus, als würde es tiefer reingehen wie ein natürlicher Tunnel," sagte sie nachdenklich.

Chubby trat neben sie und zog skeptisch eine Augenbraue hoch. „Zum Glück habe ich ein paar Magnetmarker dabei. Damit können wir den Weg markieren und finden sicher wieder raus."

„Gute Idee," stimmte Tommek zu. „Ich würde ungern für immer als Höhlendeko enden."

Kira schmunzelte kurz und nickte. „Dann los. Zeit herauszufinden, was Camy dort unten ruft."

Gemeinsam machten sie sich auf, tiefer in den geheimnisvollen Gang vorzudringen auf der Suche nach Antworten und Geheimnissen, die im Inneren des Vulkans verborgen lagen.

Funkelnde Überraschungen

Langsam und vorsichtig schlichen sie durch den schmalen Spalt, während ein sanften Glühen vor ihnen stärker wurde und die Schatten der rauen Felswände verdrängte. Ein seltsames Gefühl der Erwartung schwebte in der Luft als würde die Höhle selbst den Atem anhalten, gespannt darauf, wer sie nun betreten würde.

Als sie schließlich am Ende des Ganges angekommen waren, öffnete sich vor ihnen eine erstaunliche Szenerie. Die Abenteurer blieben wie angewurzelt stehen, fasziniert von dem Anblick, der sich vor ihnen ausbreitete.

Eine unterirdische Oase
Die Höhle war riesig, ihre Decke von leuchtenden Kristallen übersät, die sanft in einem violetten Licht pulsieren. Zwischen den schroffen Wänden schlängelten sich lange, sattgrüne Ranken nach unten, umschlungen von kleinen, blau leuchtenden Blüten, die wie winzige Sterne funkelten.

„Wow…", entfuhr es Kira, deren Augen groß wurden. Sie vergaß für einen Moment sogar den Schmerz in ihrer Schulter. „Das ist ja wunderschön. Damit hätte ich wirklich nicht gerechnet, bei dem Mistwetter da draußen."

„Tja, sieht aus, als hätte die Wüste ein paar hübsche Geheimnisse," kommentierte Chubby schmunzelnd und blickte sich neugierig um. „So ein Plätzchen hätte ich gerne in meinem Keller zu Hause."

Tommek lachte. „Du wohnst doch sowieso immer in Kellern, Chubby. Ich bin überrascht, dass du nicht längst Kristalle züchtest."

Chubby grinste verschmitzt. „Wer sagt denn, dass ich das nicht schon tue?"

Camy, der bisher wie gebannt auf die funkelnden Kristalle gestarrt hatte, näherte sich neugierig einem kleinen Cluster an der Wand. Die Kristalle schienen ihn magisch anzuziehen. Ihre violetten Spitzen schimmerten geheimnisvoll, als hätten sie eine eigene Aura.

„Das ist unglaublich", murmelte er fasziniert und streckte vorsichtig eine Pfote aus, um einen der Kristalle zu berühren.

„Äh, Camy, ich wäre vorsichtig…", begann Chubby, doch es war bereits zu spät.

Kaum berührte Camys Pfote den Kristall, sprang ein heller, knisternder Funken über. Ein plötzlicher Schlag ließ ihn überrascht zurückspringen, und seine Haare standen zu Berge, als hätte er an eine Energiezelle gefasst.

Die anderen konnten ihr Lachen nicht mehr zurückhalten.

„Wow, Camy!", lachte Chubby laut. „Du siehst aus, als wärst du in eine Energiewandler geraten."

Tommek hielt sich die Seite vor Lachen. „Einmal mit Profis unterwegs sein…"

Camy stand mit zerzaustem Fell da und blinzelte verdattert. „Sehr witzig. Freut mich, dass ich euch so gut unterhalten kann."

„Vielleicht solltest du die Energie von deinem Magnetarmband höher drehen", schlug Chubby mit einem schiefen Grinsen vor. „Damit solltest du den Kristall berühren können, ohne gleich eine neue Frisur zu bekommen."

Camy warf ihm einen gespielten Todesblick zu und drehte leicht genervt an dem kleinen Regler seines Magnetarmbands. „Wieso sagst du das nicht vorher?"

„Na, sonst hätten wir ja keinen Spaß gehabt", erwiderte Chubby unschuldig.

Mit angepasster Einstellung wagte Camy vorsichtig einen zweiten Versuch. Diesmal spürte er nur ein leichtes Kribbeln, das angenehm durch seine Krallen lief. „Ha! Na also, geht doch."

Er blickte fasziniert auf die schimmernden Kristalle. „Ich glaube, die könnten wirklich nützlich sein. Ich nehme einen davon mit."

Camy bemerkte einige kleinere, abgebrochene Kristallstücke auf dem Boden, hob einen besonders schönen, faustgroßen auf und steckte ihn vorsichtig in seinen Beutel.

„Damit das klar ist", meinte Chubby grinsend, „wenn dein Fell heute Nacht im Dunkeln leuchtet, kommst du nicht zu mir jammern."

Camy verdrehte die Augen.

Wo geht's denn hier bitte lang?

Noch einen Moment verweilten sie in der Höhle und bewunderten die faszinierende Schönheit der violett schimmernden Kristalle, die von den Wänden aus die gesamte Kammer in ein geheimnisvolles Leuchten tauchten.

Schließlich riss Chubby seinen Blick von den Kristallen los und deutete mit einer Handbewegung tiefer in die Dunkelheit. „Also gut, Freunde, weiter geht's diese Höhle hat bestimmt noch mehr Überraschungen auf Lager."

Langsam bewegte sich die Gruppe weiter in die Tiefe des Berges hinein. Der Gang wurde schmaler und wand sich in immer neuen Windungen durch den Fels, als wären sie mitten in einem uralten, versteinerten Flussbett unterwegs.

„Das müssen Lavagänge sein," murmelte Chubby, während er prüfend über die glatt geschliffenen Wände strich. „Heiße Lava hat sich hier vor langer Zeit ihren Weg gebahnt."

„Na großartig", brummte Camy. „Ich hoffe nur, dass die Lava von damals nicht plötzlich Lust bekommt, uns zu besuchen."

Tommek grinste und stieß ihn freundschaftlich mit dem Ellenbogen an. „Wenn ja, sagen wir dir Bescheid, damit du genug Vorsprung hast."

Nach mehreren Minuten verzweigte sich der Gang plötzlich in mehrere schmale Tunnel. Verwirrt blieben sie stehen und blickten auf die unterschiedlichen Wege, die vor ihnen lagen. Die Dunkelheit wirkte bedrohlicher, und ihre Handgelenklampen erhellten kaum mehr als einige Meter.

Chubby zog die magnetische Marker Barke hervor, die er mitgebracht hatte, und aktivierte sie. Ein sanftes, blaues Licht pulsierte nun beruhigend hinter ihnen ein Ankerpunkt, der ihnen helfen sollte, ihren Weg zurückzufinden.

„Okay, der Rückweg ist gesichert. Aber welchen Gang nehmen wir jetzt?" fragte er unschlüssig und sah sich um.

Alle sahen sich ratlos an, keiner antwortete sofort. Ein Moment der Stille breitete sich aus, während nur ihr eigener Atmen zu hören war.

Schließlich hob Camy vorsichtig die Pfote. „Also, wenn wir schon raten müssen, bin ich für den Gang, aus dem die wenigsten verdächtigen Geräusche kommen."

Tommek schnaubte belustigt. „Klingt vernünftig oder zumindest so vernünftig, wie man in so einer Situation sein kann."

Kira verschränkte die Arme und blickte von einem Tunnel zum anderen. „Irgendwelche anderen Vorschläge?"

Chubby lachte. „Na gut, wenn niemand was Besseres einfällt welchen Gang nehmen wir?"

Sie sahen sich erneut um, jeder in Gedanken versunken und unsicher, was sie hinter den verschiedenen Pfaden erwarten würde. Klar war nur eines: Egal, welchen Weg sie einschlugen es würde garantiert nicht langweilig werden.

Spuren im Dunkeln

Camy blickte unsicher zu Kira, die noch immer grübelnd vor den verschiedenen Höhlengängen stand. Schließlich räusperte er sich vorsichtig: „Ähm, Kira… meinst du, du könntest das wieder machen? Du weißt schon… dein, magisches Gespür'?"

Kira warf ihm einen amüsierten Blick zu. „Oh, klar. Ich soll also wieder die lebende Wünschelrute spielen?"

„Ich hätte eher 'Fährtensucher' gesagt," korrigierte Camy grinsend.

Kira verdrehte kurz die Augen, lächelte dann aber doch. „Na gut, ich versuch's. Aber das ist nicht so einfach wie auf Thariis. Hier gibt es kaum Spuren, höchstens vielleicht ein paar Tiere, aber wohl kaum die Wesen, die wir suchen. Ich bezweifle sogar, dass sie überhaupt noch leben."

Sie schloss die Augen und atmete tief durch. Dieses Mal musste sie nicht nach Fußspuren oder Bewegungen suchen, sondern nach Hinweisen darauf, dass jemand oder etwas hier einst Schutz gesucht hatte. Irgendwo hier musste es eine Stelle geben, die sicher genug war, um als Zuflucht zu dienen.

Vielleicht einen Ort, an dem man überleben konnte, geschützt vor den unberechenbaren Magnetstürmen draußen.

Die Dunkelheit um sie herum wurde greifbar, während sich ihr Geist langsam ausbreitete, vorsichtig tastend nach verborgenen Zeichen in den Tiefen der Höhle. Sie spürte den sanften Puls der Kristalle, den Hauch des Lebens kleiner Tiere, und dann… ganz vage…

„Da ist etwas," murmelte sie leise, die Augen noch geschlossen. „Ein Echo... ein Ort, an dem früher Leben war. Vielleicht eine Zuflucht oder eine versteckte Kammer."

Chubby hob gespannt eine Augenbraue. „Also doch jemand zu Hause gewesen?"

Kira nickte langsam. „Oder zumindest ein Ort, an dem sich jemand versteckt gehalten hat."

Sie öffnete die Augen und zeigte in einen der dunkleren Tunnel. „Wir müssen diesen Weg nehmen. Ich spüre etwas, das wie ein sicherer Zufluchtsort wirkt."

„Sehr beruhigend," kommentierte Camy trocken. „Wir folgen also den Spuren von Leuten, die sich versteckt haben, weil es hier so gefährlich war."

„Exakt," sagte Kira mit einem breiten Grinsen. „Was könnte da schon schiefgehen?"

Nyx schnaufte zustimmend und trabte direkt neben Camy her, als sie dem schmalen Gang folgten, tiefer und tiefer in den Berg hinein. Chubby blieb am Schluss, um regelmäßig seine Markierungsbarken anzubringen, die mit einem schwachen blauen Licht blinkten ihre Lebensversicherung für den Rückweg.

Nach einer Weile, die sich wie eine Ewigkeit anfühlte, merkte Tommek plötzlich auf und runzelte die Stirn. „Sind wir nicht langsam ziemlich tief im Berg drin? Ich meine… unter einem Vulkan? Das klingt irgendwie nach einer verdammt schlechten Idee."

Chubby grinste breit. „Keine Sorge, wenn der Vulkan ausbricht, wirst du es als erster merken. Die Lava wird dir den Weg nach draußen schon weisen."

„Sehr witzig," knurrte Tommek.

Nyx bellte leise, als würde er sich der Aussage anschließen, und tapste neugierig weiter an Camys Seite.

Der Weg führte sie tiefer und tiefer in die Dunkelheit unter dem Vulkan dorthin, wo ein Geheimnis auf sie wartete, das jahrhundertelang verborgen geblieben war.

Eine Tür voller Geheimnisse

Langsam veränderte sich der Charakter der Gänge um sie herum. Die Wände weiteten sich und zeigten wieder die beeindruckenden violetten Kristalle, die geheimnisvoll schimmerten und die Umgebung in sanftes Licht tauchten. Überall sprossen biolumineszente Pflanzen, Blumen und Pilze aus Boden und Wänden.

Rankenartige Lianen hingen von der Decke, und kleine, leuchtende Insekten tanzten schwerelos durch die Luft, um die duftenden Blüten zu bestäuben.

Aus einer Felsspalte plätscherte ein kristallklarer Wasserfall, der sich zu einem glitzernden Fluss formte und durch die Höhle schlängelte. Für einen Moment blieben alle staunend stehen, als wären sie in eine völlig andere Welt getreten.

„Unglaublich," flüsterte Kira fasziniert, während sie weiterhin der unsichtbaren Fährte folgte. Selbst Nyx war völlig gefesselt von dieser märchenhaften Umgebung und schnupperte begeistert an den fremdartigen Blüten und Pilzen nur um dann plötzlich niesend zurückzuschrecken, was Camy leise kichern ließ.

Nach einiger Zeit kamen sie schließlich an einem Ort an, der sie noch mehr staunen ließ. Vor ihnen ragte eine gigantische, runde Tür auf, eingebettet in einen schweren Rahmen, der von komplexen, mystischen Zahnrädern und alten Runen bedeckt war. Rings um die Tür waren sieben tellerförmige, weiß glänzende Scheiben angebracht, jede mit eigenen, seltsamen Runen versehen.

„Wow," hauchte Camy ehrfürchtig und trat näher heran, um die Mechanik der Zahnräder fasziniert zu inspizieren. „Diese Konstruktion… so etwas habe ich noch nie gesehen!"

Tumin trat an seine Seite und musterte mit ernster Miene die Runen. „Diese Zeichen… es sind dieselben wie auf dem Buch. Die Runen unseres Volkes"

„Dann scheinen wir ja genau richtig zu sein," sagte Tommek mit einem zufriedenen Nicken.

Camy kniete sich inzwischen hin und untersuchte eifrig ein besonders kompliziert aussehendes Zahnrad. „Es muss einen Weg geben, diese Tür zu öffnen."

Tommek zog grinsend seinen Hammer hervor. „Soll ich mal mein Glück damit versuchen?"

Tumin seufzte tief und schüttelte den Kopf. „Ich glaube nicht, dass rohe Gewalt uns diesmal weiterhilft, Tommek."

Chubby kicherte und legte seinem Freund beruhigend eine Pfote auf die Schulter. „Keine Sorge, mein Freund vielleicht darfst du später noch irgendwas zerschlagen."

Tommek schmollte gespielt beleidigt, während Camy und Tumin sich wieder konzentriert der geheimnisvollen Tür zuwandten. Irgendwo in dieser Mechanik verbarg sich das Geheimnis des Kashari und vielleicht sogar noch mehr.

Die Pfote des Schicksals

Camy betrachtete weiterhin fasziniert die geheimnisvolle Tür. Keine Griffe, keine Hebel, nur zahllose Zahnräder, die ein sanftes, mystisches Glimmen von sich gaben. Vorsichtig trat er näher und betrachtete das zentrale Zahnrad genauer. Dort, mitten in der kunstvollen Gravur, entdeckte er eine kleine, aber deutlich erkennbare Pfote.

Instinktiv legte er seine eigene Pfote darauf. In diesem Moment erwachte die Tür plötzlich zum Leben. Eine der großen Scheiben begann in hellem Cyan zu leuchten, während sich die Zahnräder langsam drehten und ihr magisches Glimmen intensiver wurde. Ein leises, melodisches Surren erfüllte die Luft, und schließlich glitten die beiden massiven Türhälften sanft zur Seite und öffneten den Weg nach vorne.

Die Gruppe schaute erstaunt zu, und Camy konnte seine Bewunderung nicht verbergen. „Was für eine faszinierende Technik. Die Tür scheint tatsächlich zu erkennen, dass wir Kashari sind." Er deutete auf die nun cyanfarben leuchtende Scheibe und lächelte stolz. „Die Rune, die leuchtet, ist das Symbol der Wera und Cyan ist unsere Stammesfarbe."

Chubby staunte anerkennend und klopfte Camy auf die Schulter. „Na dann, Pfoten voran! Sehen wir nach, was uns dahinter erwartet!"

Ein Labor der Geheimnisse

Die Gruppe trat zögerlich durch die nun geöffnete Tür und folgte einem langen Gang, dessen Seiten kunstvoll mit kristallinen Lampen und biolumineszenten Pflanzen geschmückt waren. Ein sanftes violettes und blaues Licht erfüllte den Weg vor ihnen und schuf eine beinahe magische Atmosphäre.

Als sie schließlich in einen großen Raum gelangten, blieben sie staunend stehen. Es war immer noch eine Höhle, aber zugleich wirkte der Raum wie ein riesiges, geheimnisvolles Labor oder eine Forschungseinrichtung. Überall standen Regale voll alter Bücher, Pergamente, mysteriöse Artefakte und unzählige, teils verstaubte Gefäße mit alchemistischen Flüssigkeiten darin. Kräutersträuße hingen von der Decke und verströmten einen würzigen, beruhigenden Duft.

In einem Bereich des Raumes standen große, sorgfältig angelegte Behälter, in denen Pflanzen wuchsen, beleuchtet von den sanft leuchtenden violetten Kristallen. Auf einem massiven Tisch in der Mitte lagen Bücher und Schriftrollen verstreut, offenbar Aufzeichnungen zu den hier gezüchteten Pflanzen.

„Das sieht aus wie das Labor eines Kashari Wissenschaftlers," sagte Tumin beeindruckt und betrachtete die riesige Tafel an der Wand, die voll mit komplizierten Formeln und Skizzen war.

Chubby trat näher an ein Regal mit zaubertrank ähnlichen Flaschen heran und betrachtete die bunten Flüssigkeiten darin skeptisch. „Entweder hat hier jemand seine Hausaufgaben gemacht, oder wir sind in die persönliche Kräutersammlung eines durchgeknallten Alchemisten geraten."

Tommek grinste und warf einen amüsierten Blick zu Camy. „Na, Camy, glaubst du, du findest hier etwas Spannendes, das du noch nicht kennst?"

Camy, dessen Augen bereits fasziniert zwischen den Kristallen, Pflanzen und zahllosen Büchern hin und her huschten, erwiderte aufgeregt: „Was heißt hier 'etwas'? Ich glaube, ich könnte hier die nächsten drei Jahre verbringen!" Nyx schnaubte belustigt, als würde er bereits wissen, dass das durchaus passieren könnte.

Überraschung im Bücherregal

In der geheimnisvollen Laborhöhle herrschte eine Mischung aus neugieriger Stille und ehrfürchtigem Staunen. Kira und Chubby betrachteten die alchemistischen Flaschen und Gefäße, während Tumin vor einem Regal mit uralten, mystischen Büchern stand und sichtlich Mühe hatte, sich auf ein einzelnes davon zu konzentrieren. Camy und Tommek standen vor der riesigen Tafel und starrten ratlos auf die verwirrenden Formeln.

„Also, ich versteh ja vieles, aber das hier sieht für mich aus wie die Einkaufsliste eines verrückten Alchemisten", murmelte Tommek und kratzte sich am Kopf.

„Wahrscheinlich ist es das sogar," erwiderte Camy trocken. „Ein bisschen Drachenatem, zwei Einhörner, eine Prise Sternenstaub… typisch Kashari."

Nyx hingegen war ganz mit Schnüffeln beschäftigt. Seine Nase führte ihn neugierig zwischen den Regalen hindurch, vorbei an Kräutern und kleinen Fläschchen, als er plötzlich abrupt stehen blieb. Seine Ohren zuckten, und er richtete seine gesamte Aufmerksamkeit auf einen Schatten zwischen zwei Regalbrettern.

Plötzlich ein erschrockener Schrei!
„N-n-nein! Liebe Bestie, bitte nicht fressen! Bitte, bitte nicht fressen!"

Etwas Kleines, Flauschiges huschte hektisch zwischen den Büchern hervor, stolperte, rappelte sich wieder auf und raste quietschend davon. Nyx, völlig in seinen Jagdinstinkt verfallen flitzte hinterher.

Doch das kleine Geschöpf war flink und verschwand flink in einer dunklen Ecke. Kira bemerkte schnell, dass der kleine Schreihals keine echte Gefahr darstellte.

„Nyx, lass ihn in Ruhe!", rief sie streng, woraufhin Nyx widerwillig stehen blieb und mit unschuldigem Blick zu ihr zurück tapste.

Kira näherte sich langsam der dunklen Ecke und sprach beruhigend: „Alles gut, wir tun dir nichts. Tut uns leid, dass wir hier einfach so reingeplatzt sind. Wir suchen nur jemanden von unserem Volk, der vielleicht hier war."

„Bitte nicht fressen!", klang es erneut zögerlich und zittrig aus dem Schatten.

Kira lächelte verständnisvoll. „Keine Angst, Nyx frisst niemanden... außer vielleicht ein paar Snacks."

Langsam und vorsichtig kam das kleine Wesen aus der dunklen Ecke hervor und blickte nervös zu Nyx hoch. Es war ein Zaruun, ein kleines, anthropomorphes Wüstenfüchslein mit sandfarbenem Fell, großen, aufrecht stehenden Ohren, einer spitzen Schnauze und leuchtenden bernsteinfarbenen Augen.

Der Zaruun trug eine kleine, abgenutzte Robe, verziert mit allerlei bunten Steinen, und an seinem Gürtel hingen mehrere winzige Taschen und Beutel, gefüllt mit glitzernden Kristallen und Werkzeugen. Seine Füße steckten in kleinen Sandalen, und seine buschige Schwanzspitze zuckte aufgeregt hin und her.

Das kleine Wesen blinzelte, richtete vorsichtig seine großen Ohren auf und sagte erleichtert: „Oh, das ist gut! Denn ich schmecke bestimmt nicht gut!"

Tommek warf Camy einen Blick zu und murmelte leise: „Na super. Jetzt haben wir ein Labor und ein Haustier gleich mit dazu."

Der kleine zog stolz die Nase hoch. „Ich bin kein Haustier, ich bin ein Gehilfe!"

Simmucks Geheimnis

Der kleine Zaruun blickte mit großen, neugierigen Augen zu der Gruppe auf. „Wie seid ihr hier überhaupt reingekommen?"

Camy deutete mit einer Pfote hinter sich. „Durch diese riesige Tür mit Zahnrädern und Runen."

Simmuck schnappte verblüfft nach Luft. „Die Tür hat euch reingelassen?"

Camy zuckte leicht mit den Schultern. „Naja, ich hab sie berührt, dann begann diese Rune in Cyan zu leuchten, und plötzlich öffnete sie sich von ganz allein."

Der kleine Zaruun schlug begeistert die Pfoten zusammen. „Oh, dann seid ihr Freunde von Belor! Der Meister sagte immer, diese Tür lässt nur seine Freunde durch." Er verbeugte sich höflich. „Ich heiße übrigens Simmuck! Ich habe Belor vor vielen Jahren aus der Patsche geholfen, und seitdem lebten wir hier zusammen. Leider ist er schon vor langer Zeit von uns gegangen, aber er hat mir sein Versteck vermacht."

Camy sah ihn erstaunt an. „Vor langer Zeit? Darf ich fragen, wie alt du eigentlich bist?"

Simmuck legte den Kopf schief und überlegte kurz. „Ich bin noch ziemlich jung... gerade mal 311."

Die gesamte Gruppe blickte ihn mit großen Augen an, und Tommek platzte heraus: „Noch jung? Was ist denn dann alt bei euch?"

Simmuck zuckte mit den Ohren und sagte mit ernster Miene: „Mein Vater war alt. Er ist mit 745 von uns gegangen."

Camy pfiff beeindruckt durch die Zähne. „Wow, in der Zeit sammelt man bestimmt eine ganze Menge Wissen an."

„Oh ja, mein Vater wusste unglaublich viel. Alles, was ich weiß, hab ich entweder von ihm oder von Meister Belor gelernt. Er war ein ausgezeichneter Lehrer. Gemeinsam haben wir dieses Versteck erbaut und magisch gesichert. Belor hatte großes Talent für Energetische Physik, Magie und alte Runen und er liebte seltene Pflanzen. Oft haben wir zusammen alte Schriften studiert." Simmuck machte eine kurze, bedeutungsvolle Pause. „Ich habe ihm dabei geholfen, etwas sehr Wichtiges zu verstecken."

Chubby spitzte sofort die Ohren, ein breites Grinsen auf den Lippen. „Ah, jetzt wird's endlich interessant!"

Ein verborgenes Geheimnis

Camy blickte neugierig zu Simmuck. „Und wo genau habt ihr dieses wichtige Etwas versteckt?"

Der kleine pelzige Kauz machte große Augen und antwortete bedeutungsvoll: „An der tiefsten Stelle des Vulkans dort, wo es niemand vermuten würde."

Tommek verdrehte sofort die Augen und seufzte dramatisch. „Ohje, ich wusste es… Natürlich ganz unten! Da, wo's am dunkelsten, gefährlichsten und heißesten ist. Wenn ich für jedes Mal, wo wir an solche Orte gehen, eine Münze bekäme, könnte ich mir endlich eine weniger lebensgefährliche Karriere leisten."

Chubby grinste und klopfte Tommek auf die Schulter. „Aber wo bliebe denn da der Spaß?"

Simmuck nickte eifrig und fuhr fort: „Dort unten befindet sich eine verborgene Kammer, verschlossen mit einem magischen Schloss. Dort haben wir versteckt, was Belor schützen wollte. Aber heiß und gefährlich ist es dort nicht."

Chubbys Augen leuchteten interessiert auf. „Ein magisches Schloss, sagst du? Das klingt genau nach meinem Spezialgebiet."

Kira warf ihm einen skeptischen Blick zu. „Dein Spezialgebiet? Du meinst doch hoffentlich nicht, dass du Schlösser knackst?"

„Natürlich nicht!", erwiderte Chubby unschuldig. „Ich knacke sie nicht… ich bewundere sie nur."

Camy grinste, dann blickte er neugierig zu Simmuck. „Und wie kommen wir genau dahin? Hast du zufällig ein praktisches Gerät, oder sollen wir einfach drauflos buddeln?"

Simmuck lachte leise. „Folgt mir."

Die Reise nach unten

Simmuck trippelte eifrig voraus, während die Gruppe ihm durch einen schmalen Seitengang folgte. Die Wände waren mit kristallenen Lampen geschmückt, und biolumineszente Blumen warfen ein sanftes, tanzendes Licht in den Gang. Es fühlte sich fast so an, als liefen sie durch einen lebendigen Tunnel, der eigens für sie leuchtete.

Nach einer kurzen Strecke öffnete sich der Weg in eine atemberaubende Höhle. Bunte, schimmernde Pflanzen wuchsen in üppigen Beeten, zwischen ihnen schlängelten sich kristallene Ranken, die im sanften Glanz der Lichtquellen funkelten. Der ganze Raum wirkte wie ein verborgener, magischer Garten ein Ort der Ruhe und Schönheit, verborgen in der Tiefe des Berges.

Simmuk blieb kurz stehen, sein Blick schweifte über die leuchtende Pracht.

„Das war Belors Meditationsgarten", sagte er leise. „Sein liebster Ort. Er hat hier oft gesessen, gelesen, meditiert… manchmal stundenlang einfach nur beobachtet, wie sich das Licht an den Kristallen bricht. Er meinte, hier könne man die Wahrheit zwischen den Dingen erkennen wenn man nur still genug wird."

Ein leiser Hauch von Ehrfurcht schwang in seiner Stimme mit, aber auch etwas Warmes, fast Dankbares.

In der Mitte des Gartens stand ein großer, runder Tisch, umgeben von bequemen Sesseln. Doch das Beeindruckendste war die riesige Kristallblume, die sich wie ein schützender Kokon um die Sitzgruppe rankte.

Kira blieb abrupt stehen und ihre Ohren zuckten aufgeregt. „Das ist wunderschön hier!" Ohne zu zögern ließ sie sich in einen der weichen Sessel fallen und schloss für einen Moment die Augen, als würde sie die Atmosphäre in sich aufnehmen.

Camy hingegen stemmte die Pfoten in die Hüften und sah Simmuck mit hochgezogener Augenbraue an. „Also… Wollen wir da runter, oder machen wir jetzt erst mal eine Kaffeepause?"

Simmuck grinste nur und kletterte auf den mittleren Platz am Kopfende des Tisches. „Setzt euch. Es ist besser, wenn ihr dabei nicht steht."

„Das klingt schon wieder nach einem Abenteuer", murmelte Tommek, während sich alle setzten.

Auf der Mitte des Tisches prangte ein großes Kashari Emblem in Form eines Fuchskopfes. Simmuck legte konzentriert seine Pfoten darauf, murmelte ein paar unverständliche Worte und drückte schließlich auf die Nase des Fuchses.

Plötzlich begann der gesamte Tisch zu leuchten.

Ein leises, tiefes Summen vibrierte durch den Boden, und die riesigen Blütenblätter der Kristallblume schlossen sich langsam über ihnen. Die Luft schien vor Magie zu flirren. Dann mit einem sanften, aber bestimmten Ruck begann sich die Blume nach unten zu senken.

„Äh… was genau passiert hier?!" rief Chubby, während er sich an seinem Sitz festhielt.

„Wir fahren nach unten", erklärte Simmuck mit einem zufriedenen Lächeln.

„Das ist… unglaublich." Camy sprach leise, fast für sich selbst, während er kurz die Augen schloss und das sanfte Vibrieren des Bodens spürte.

Langsam, getragen von magischer Energie, glitt die riesige Kristallblume durch einen vertikalen Schacht hinab hinab in die tiefste Ebene des Vulkans.

Das Siegel der Elemente

Unten angekommen öffnet sich die Blume und die Gruppe schritt vorsichtig durch den felsigen Gang, der sich in die Tiefen des Vulkans zog. Die Luft war hier schwer, erfüllt von einer fast spürbaren Energie, die sich wie ein statisches Flimmern auf der Haut niederlegte. Der Pfad endete schließlich vor einer massiven Struktur einem imposanten, messingfarbenen Ring, der in die Felswand eingelassen war.

Seltsame Schriftzeichen und Symbole waren kunstvoll in das Metall graviert, einige alt und verwittert, andere schienen seltsam lebendig, als würden sie sanft in einem metallischen Violett pulsieren.

In den Rand des Rings waren fünf große Einfassungen eingelassen, in denen leuchtende Kristalle steckten die gleichen Kristalle, die überall in dieser Höhle wuchsen.

Doch das Herzstück dieses Gebildes war eine gigantische Kugel, die genau in den Ring passte. Sie bestand aus demselben Messingfarbenen Material, überzogen mit gravierten Symbolen, die in geheimnisvollem Glanz schimmerten. Ein Konstrukt von atemberaubender Komplexität und unerklärlicher Macht.

Camy trat langsam näher, seine Augen weiteten sich vor Faszination. „Wow… das sieht nach komplizierter Magie aus. So etwas habe ich noch nie gesehen."

Tumin beugte sich näher an die Gravuren heran, fuhr mit der Pfote vorsichtig über die feinen Linien und nickte langsam. „Das ist eine mächtige Runenbarriere. Diese Magie ist uralt… und unglaublich stark. Sie kann nicht einfach so gebrochen werden."

Seine Augen wanderten über die eingravierten Zeichen, seine Stirn legte sich in Falten. Er berührte die Oberfläche der Kugel und schloss für einen Moment die Augen, als würde er die Energie in sich aufnehmen. Dann öffnete er sie wieder und murmelte leise:

„Das ist reine Elementarmagie…"

Ein leichtes Echo schien auf seinen Worten zu liegen, als hätte der Raum selbst sie aufgenommen.

Er ließ seinen Blick über den Ring schweifen und sprach weiter: „Die Energie hier stammt direkt aus dem Vulkan selbst. Es ist nicht einfach nur eine Schutzkapsel es ist eine Verdichtung der Urkräfte dieses Ortes.

Die Barriere nutzt die Kraft des Feuers und der Erde, um dieses Siegel unerschütterlich zu machen."

Alle blickten zu Simmuck, der mit leicht angelegten Ohren vor dem gewaltigen Artefakt stand.

Camy trat einen Schritt auf ihn zu. „Weißt du, wie man das öffnet?"

Simmuck zuckte unbehaglich mit seinen kleinen Schultern und schaute die Gruppe an. „Ich… leider nicht. Belor hat diesen magischen Tresor selbst erschaffen. Er hat die Schutzzauber gewirkt und mir nie gesagt, wie sie genau funktionieren."

Er kratzte sich mit einer Kralle am Kopf. „Ich weiß nur, dass es kein gewöhnlicher Verschluss ist. Belor meinte einmal, dass nur diejenigen, die die Wahrheit in sich tragen, es öffnen können. Was das bedeutet… das weiß ich nicht."

Eine angespannte Stille lag für einen Moment über der Gruppe.

Tommek verschränkte die Arme. „Tja, dann haben wir jetzt ein Problem. Wir haben keine Ahnung, wie man dieses Ding öffnet, und die einzige Person, die es wusste, ist seit Jahrhunderten tot."

Chubby lehnte sich an einen der Felsen und grinste. „Tja, Leute… dann wird es wohl mal wieder Zeit für ein Rätsel."

Die Prüfung des Siegels

Camy trat vorsichtig näher an die massive Kugel heran, seine Augen wanderten über die eingravierten Symbole und Runen, die wie ein stilles, uraltes Geheimnis in das Metall geätzt waren. Dann fiel sein Blick auf eine vertraute Form.

Eine Pfote.

Genau wie bei der Tür zum Labor.

Er zögerte einen Moment, sein Verstand arbeitete auf Hochtouren. Sollte es wirklich so einfach sein?

Mit einem tiefen Atemzug hob er seine Pfote und legte sie sanft auf das eingravierte Symbol.

Sofort begann ein leises Vibrieren durch den Ring zu laufen. Die fünf Kristalle in der Einfassung glommen auf, ein sanftes, violettes Leuchten pulsierte in ihrem Inneren, als würde das Konstrukt ihn bemerken.

Camy spürte es eine Verbindung, ein Bewusstsein, das in der Kapsel schlummerte. Instinktiv versuchte er, seinen Geist zu öffnen, um… was auch immer dies war, darum zu bitten, sich zu offenbaren.

Die Kristalle leuchteten heller.

Er konzentrierte sich. Fokussierte seine Gedanken.

Öffne dich.

Plötzlich wurde die Luft um ihn herum schwer, als würde sich eine unsichtbare Kraft in der Kammer aufbauen.

Das Leuchten der Kristalle intensivierte sich, die eingravierten Runen begannen zu glimmen, das gesamte Konstrukt vibrierte nun spürbar unter seinen Krallen.

„Camy...?" murmelte Kira leise, während sie aufmerksam beobachtete, was da gerade geschah.

Camy kniff die Augen zusammen und konzentrierte sich weiter. Eine spürbare Spannung lag in der Luft, als würde sich Energie aufladen, kurz davor, sich zu entladen. Die Runen auf der Kugel begannen zu pulsieren, das Licht wurde immer heller und dann, plötzlich...

ZISCH-KNALL!

Eine gewaltige Entladung fuhr durch den Raum.

Ein violetter Energiestoß schoss aus der Kapsel und schleuderte Camy mit brutaler Wucht nach hinten. Die Kraft erwischte ihn völlig unvorbereitet, sein Körper wurde mit voller Wucht nach hinten geschleudert, flog an den anderen vorbei und krachte gegen den Felsgang.

„Camy!" rief Kira erschrocken und sprintete sofort los, dicht gefolgt von Chubby.

Camy lag benommen auf dem Boden, sein Kopf dröhnte, sein Fell stand an einigen Stellen seltsam ab, als hätte er einen Stromschlag bekommen.

„Camy! Ist alles in Ordnung?" Kira hockte sich neben ihn und musterte ihn besorgt. „Das sah verdammt schmerzhaft aus. Hast du dir was getan?"

Camy blinzelte langsam, noch völlig benommen. Sein Kopf fühlte sich an, als hätte ihn ein Raumschiff frontal gerammt.

„Wha… was war das?" murmelte er benebelt und rieb sich die Stirn.

Chubby grinste breit und beugte sich über ihn. „Naja, sagen wir mal so du hast für einen Moment die Bodenhaftung verloren. Das sah ziemlich spektakulär aus. Aber hey, immerhin bist du noch am Stück!"

Camy blinzelte und setzte sich langsam auf, spürte jeden einzelnen Muskel in seinem Körper. „Ugh… danke, Chubby. Genau die Art von Aufmunterung, die ich gebraucht habe."

„Kein Problem!", meinte Chubby grinsend.

Tumin trat näher an die Kapsel und rieb sich nachdenklich das Kinn. „Interessant… es hat dich nicht einfach abgestoßen. Es hat dich zurückgewiesen. Als würde die Kapsel testen, ob du wirklich würdig bist, sie zu öffnen."

Camy schnaufte. „Na wunderbar. Und was genau will dieses Ding von mir?"

Die vereinte Kraft

Camy spürte noch immer das leichte Kribbeln in seinen Gliedern, als Chubby und Kira ihm halfen, wieder auf die Beine zu kommen. Seine Muskeln protestierten, doch er schüttelte den Schmerz ab und richtete den Blick erneut auf die versiegelte Kapsel.

Sie musste irgendwie zu öffnen sein.

Er trat erneut an das massive, messingfarbene Konstrukt heran, diesmal jedoch mit mehr Respekt vor der rohen Energie, die darin eingeschlossen war. Die anderen versammelten sich um ihn, ihre Gesichter voller Entschlossenheit und Neugier.

Tumin betrachtete die Kapsel mit ruhigem Blick. „Das ist eindeutig ein Schutzmechanismus. Er wurde erschaffen, um jeden, der nicht würdig ist, fernzuhalten."

Camy seufzte und fuhr sich durch das Fell. „Ja, das habe ich schon selbst gespürt. Aber es muss einen Weg geben, diese Kugel zu öffnen!"

Tommek trat neben ihn und legte eine Pfote auf seinen Hammer. „Falls du möchtest, kann ich es mit roher Gewalt versuchen."

Tumin hob eine Augenbraue und schüttelte den Kopf. „Ich fürchte, das wird uns nicht weiterbringen, Tommek. Diese Barriere ist nicht aus einfachem Metall sie wurde durch Magie geformt. Doch… vielleicht können wir sie gemeinsam durchbrechen."

Tommek verschränkte die Arme und runzelte die Stirn. „Magie ist nicht so mein Ding, falls es dir noch nicht aufgefallen ist."

Tumin lächelte leicht. „Magie ist mehr als nur Zaubersprüche und Runen. Jede Seele besitzt eine Kraft, Tommek. Und wenn wir uns alle gemeinsam auf Camy konzentrieren, könnten wir ihm die nötige Energie geben, um die Barriere zu durchdringen."

Camy wollte gerade antworten, als ihm plötzlich etwas einfiel.

Sein Blick fiel auf seine Tasche.

Der Kristall!

Der Kristall, den er aus der Höhle mit den leuchtenden Pflanzen mitgenommen hatte.

Er griff in seinen Beutel und zog den faustgroßen Kristall hervor. Sein violettes Leuchten flackerte leicht, als ob er auf etwas reagieren würde.

„Vielleicht kann der hier uns helfen," sagte Camy und hielt den Kristall hoch.

Tumin musterte ihn und nickte nachdenklich. „Das ist eine hervorragende Idee. Dieser Kristall könnte als Katalysator dienen er könnte deine Energie bündeln und verstärken."

„Dann versuchen wir es!" sagte Kira entschlossen.

Die Gruppe stellte sich enger um Camy.

Jeder konzentrierte sich, spürte die Energie, die in der Luft lag, während Camy den Kristall in einer Pfote hält und die andere auf die Kugel legt.

Tumin schloss die Augen und atmete tief ein. „Fokussiert euch auf Camy. Vertraut auf eure eigene Kraft. Lasst sie in ihn fließen."

Chubby schloss nach kurzem Zögern ebenfalls die Augen. Tommek versuchte, sich zu konzentrieren, auch wenn ihm das alles ein wenig seltsam vorkam. Kira spürte, wie eine leichte Wärme durch ihren Körper strömte.

Nyx stand neben Camy und bellte einmal, als wollte er bekräftigen, dass er auch dabei war.

Camy spürte es.

Eine Welle von Energie, die sich in ihm sammelte.

Er konnte noch nicht sagen, ob es funktionierte, aber eines war sicher die Kapsel hatte begonnen, auf sie zu reagieren.

Die Kristalle im Ring begannen zu flackern.

Etwas geschah.

Und sie alle konnten es spüren.

Das erste Fragment

Camy spürte, wie sich die aufgeladene Energie durch seinen Körper bewegte. Der Kristall in seiner Pfote begann intensiver zu leuchten, pulsierend wie ein eigener Herzschlag. Die Kugel begann langsam zu vibrieren.

Die fünf großen Kristalle um den Messingring leuchteten schwach auf und der Kristall in Camys Hand antwortete darauf.

Ein Summen lag in der Luft.

Es war kein Geräusch, sondern ein Gefühl eine vibrierende, uralte Magie, die durch den Raum strömte.

Camy schloss die Augen und fokussierte sich vollkommen auf die Kugel.

Die Kristalle flackerten. Dann begannen sie zu pulsieren, im gleichen Rhythmus wie der Kristall in seiner Hand.

Die Gravuren auf der Kugel erwachten zum Leben, ihre violetten Lichtlinien verstärkten sich zu einem intensiven Leuchten. Ein leichter Windzug zog durch die Höhle, als sich eine unsichtbare Kraft entfaltete.

Der Boden vibrierte nun merklich.

Dann geschah es.

Ein sanftes Klicken ertönte, als sich feine, ineinandergreifende Zahnräder im Inneren der Kugel in Bewegung setzten.

Die Gravuren auf der Oberfläche flossen wie flüssiges Licht, veränderten ihre Form, als würden sie einen letzten Schutzzauber lösen.

Ein tiefes Summen erfüllte den Raum.

Und dann

Die Kugel öffnete sich.

Der obere Teil des massiven Mechanismus drehte sich sanft nach hinten und enthüllte das kunstvolle, halbrunde Innere der Konstruktion.

Vor ihnen erstreckte sich ein atemberaubendes Schauspiel aus Mechanik und Magie eine komplexe Fläche aus zahllosen Zahnrädern, jedes einzelne kunstvoll verziert mit filigranen, magischen Blumenmustern, die in sanftem, violettem Licht glühten. Die Mechanik war ein Kunstwerk, geformt aus verzaubertem Metall, das in hypnotischen Bewegungen ineinandergriff, angetrieben von einer uralten Energie.

Zunächst schien alles still zu stehen. Doch dann

Ein sanftes Summen breitete sich aus.

Langsam, mit faszinierender Präzision, begannen sich die Zahnräder zu drehen. Magische Linien glitten über ihre Oberflächen, schufen immer neue Muster, während sich die gesamte Mechanik in Bewegung setzte.

In der Mitte genau dort, wo sich das Herz der Konstruktion befand öffnete sich plötzlich ein feiner, geometrischer Spalt. Die Zahnräder bewegten sich weiter, formten neue Muster, schoben sich zur Seite und dann, aus dem Inneren dieses Mechanismus, wurde etwas enthüllt.

Ein kleines, magisch angetriebenes Podest fuhr langsam nach oben. Erst verborgen unter den rotierenden Zahnrädern, nun stolz aufragend in der Mitte der Kugel. Und auf diesem Podest, eingefasst in feine, leuchtende Gravuren, lag das, was sie gesucht hatten

Der erste Runenstein.

Sein hellblaues Leuchten wirkte ruhig, aber kraftvoll, als würde er die Energie der gesamten Umgebung in sich tragen.

Camy hielt für einen Moment den Atem an, dann streckte er langsam die Pfote aus.

In dem Moment, in dem er ihn aus der Halterung hob, geschah es.

Das magische Licht, das wie eine stille Wasseroberfläche auf der Mechanik lag, reagierte sofort. Wellenförmige Energie breitete sich konzentrisch über die Zahnräder aus als hätte jemand einen Tropfen in einen spiegelglatten Teich fallen lassen. Das violette Leuchten flackerte kurz auf, vibrierte und dann erklang ein kristallines Geräusch.

Ein sanftes Klicken, dann ein leises Knacken, als würden sich feine Eiskristalle in der Luft bilden.

Die Mechanik verstummte. Die Zahnräder kamen zur Ruhe.

Camy hielt den Runenstein in der Pfote und betrachtete das sanfte Leuchten, das nun stetig von ihm ausging. Es war ein Licht, das niemals wieder verlöschen würde.

Niemand sprach.

Alle starrten gebannt auf das Artefakt, fasziniert von der Perfektion der Mechanik und der Magie, die sich hier vereinten.

Camy war der Erste, der seine Stimme wiederfand. „So etwas Wunderschönes habe ich noch nie gesehen… Das ist einfach unglaublich."

Chubby schnalzte mit der Zunge und grinste. „Und es sieht wertvoll aus."

Kira warf ihm einen vielsagenden Blick zu. „Das ist der erste Teil unseres Rätsels, Chubby. Nichts, was du gewinnbringend verkaufen kannst."

Chubby hob die Pfoten. „Ich hab ja nur gesagt, dass es wertvoll aussieht! Das ist eine objektive Beobachtung."

Tommek grinste und klopfte ihm auf die Schulter. „Und ich wette, du hast schon überlegt, wie viel es wert sein könnte."

Chubby zuckte mit den Ohren und summte unschuldig vor sich hin.

Tumin trat langsam näher, seine Augen funkelten vor Ehrfurcht. „Das ist mehr als ein einfacher Runenstein… Er trägt eine alte, sehr mächtige Energie in sich. Das hier… das könnte die erste von vielen Antworten sein."

Camy drehte den Stein noch einmal in den Pfoten, sein Leuchten spiegelte sich in seinen Augen.

Der erste Teil war gefunden.

Doch das Rätsel hatte gerade erst begonnen.

Das erwachende Wissen

Simmuck trat neugierig näher, seine großen, leuchtenden Augen fixierten den schimmernden Runenstein in Camys Pfoten. „Das war also all die Jahre hier versteckt… Und was genau ist es?"

Camy betrachtete den Stein noch einmal genau, seine Krallen strichen vorsichtig über die glatte, in magisches Licht getauchte Oberfläche. „Ein Teil eines Rätsels, das wir lösen müssen."

Simmuck wackelte aufgeregt mit seinen großen Ohren. „Klingt spannend!"

„Ja, das ist es", sagte Camy mit einem Lächeln. Er drehte den Stein in den Pfoten und betrachtete ihn aus nächster Nähe. „Da ist die Rune des Bisar Stammes eingraviert… Und die Farbe ist auch eindeutig. Das passt genau zum Artefakt."

Er sah zu Tumin, der bereits in seiner Tasche kramte. Der Weise zog sowohl das Schlüssel Artefakt als auch das geheimnisvolle Buch hervor, dessen Sprache sie bisher nicht entziffern konnten.

„Lass es uns ausprobieren", meinte Tumin und reichte Camy das Artefakt.

Camy nahm das Artefakt entgegen, betrachtete die sieben unterschiedlichen Vertiefungen an der Oberfläche jede für eine der sieben Runen der Stämme von Thariis bestimmt. Zögerlich führte er den schimmernden Runenstein an eine der Einkerbungen heran.

Der Stein passte perfekt.

Kaum hatte er ihn eingesetzt, begannen Zarte Energielinien sich über die Oberfläche aus zu breiten, flossen entlang der Gravuren und verbanden sich mit der magischen Struktur des Objekts.

Plötzlich

Das Buch in Tumins Pfoten reagierte.

Ein heller Lichtimpuls schoss über das Cover, das Relief des Artefakts in seiner Mitte schien für einen Moment fast lebendig zu wirken. Die Bisar Rune, die zuvor nur eine leere Gravur gewesen war, begann nun in sanftem Blau zu leuchten.

Das Licht des Buches pulsierte einige Male dann kehrte es in ein gleichmäßiges, schwaches Glühen zurück.

Camy riss überrascht die Augen auf. „Habt ihr das gesehen?!"

Tumin betrachtete das Buch aufmerksam. Er fuhr mit den krallen über das Cover, über die nun aktivierte Bisar Rune. Dann schlug er vorsichtig die erste Seite auf.

Die einst unlesbaren Schriftzeichen hatten sich verändert.

Vor ihren Augen begannen die uralten Worte magisch zu flimmern, als würde das Buch selbst nun bereit sein, seine Geheimnisse zu offenbaren.

Tumin überflog die ersten Zeilen, seine Augen verengten sich konzentriert.

„Die Schrift… sie hat sich verändert", murmelte er.

Camy, Kira, Chubby und Tommek traten näher heran, alle gespannt darauf, was nun vor ihnen lag.

Tumin strich sanft über die Buchseiten. Die Worte darauf leuchteten in einem sanften Rhythmus, als ob sie darauf warteten, endlich gelesen zu werden.

„Ich kann es teilweise lesen…" sagte er langsam. „Es ist ein uralter Dialekt, aber ich erkenne viele Begriffe."

Seine Stimme wurde ernster, als er die ersten entschlüsselten Worte aussprach.

Tumin ließ seine Augen über die magisch erleuchteten Worte gleiten. Seine Stimme war ruhig, doch voller Bedeutung, als er zu lesen begann:

„Wir waren eine Gruppe von fünfundzwanzig. Fünfundzwanzig, die glaubten, dass Wissen die größte Macht ist und dass jede Macht behütet werden muss."

Die Gruppe lauschte gebannt, als er weiterlas.

„Unsere Forschung war eine Hoffnung und eine Gefahr zugleich. Wir standen an der Schwelle zu etwas Großem, etwas, das Thariis für immer hätte verändern können. Doch wir wussten, dass in den falschen Pfoten unser Werk nicht zum Fortschritt, sondern zur Zerstörung führen würde."

Tumin hielt kurz inne, fuhr dann mit den Fingern langsam über die nächsten Zeilen.

„Deshalb mussten wir verschwinden. Wir gingen ins Exil, zerstreuten unser Wissen über die Weiten der Welten, versteckten unsere Erkentnisse, damit sie nur von jenen gefunden würden, die den wahren Pfad beschreiten."

Camy runzelte die Stirn. „Also haben sie sich nicht einfach nur versteckt sie wurden verfolgt."

Tumin nickte. „Es klingt, als hätten sie keine Wahl gehabt."

Er las weiter:

„Sieben von uns nahmen es auf sich, die Schlüssel zu verwahren. Sieben Runen, sieben Wege, sieben Prüfungen. Jeder von ihnen wählte ein Versteck, ein Bollwerk gegen jene, die unser Werk missbrauchen wollen."

Chubby verschränkte die Arme. „Und wir haben gerade den ersten dieser Schlüssel gefunden."

Tumin blätterte weiter, sein Blick suchte nach dem nächsten Hinweis. Dann fand er die entscheidenden Worte.

„Wo die Sterne im stillen Wasser ruhen und das Wissen der Alten in den Tiefen schläft, dort wartet der nächste Pfad."

Ein Moment des Schweigens folgte.

Tommek schnaubte. „Klingt, als müssten wir tauchen."

Kira nickte langsam. „Eine versunkene Stadt…"

Tumin runzelte die Stirn, während er mit vorsichtigen Pfoten durch die vergilbten Seiten fuhr. „Mehr Informationen finde ich hier leider nicht", sagte er schließlich und reichte Camy das Buch. „Das ist alles, was ich aus den alten Zeichen herauslesen kann."

Kaum hatte Camy das Buch berührt, durchzuckte ihn ein plötzlicher, unsichtbarer Schlag wie ein Donnerschlag direkt in seinem Geist. Er riss die Augen auf, zuckte zusammen und ließ das Buch mit einem dumpfen Plopp auf den Boden fallen.

Alle Augen waren nun auf ihn gerichtet.

„Was zum…?" murmelte Tommek.

Camy blinzelte, hielt sich die Stirn und flüsterte: „Iquaris… ich habe das Wort ganz deutlich gehört. Es war... in meinem Kopf."

Tumin hob eine Augenbraue. „Eine Vision?"

Camy nickte langsam. „Ich glaube, das Buch hat mir einen Hinweis gegeben. Iquaris das klingt nach einem Ort... vielleicht sogar ein Planet. Und ich wette, der ist nicht gerade trocken."

Tommek verschränkte die Arme. „Klingt auf jeden Fall klarer als das, was im Buch steht."

Camy sah die anderen an. „Dann wissen wir, wohin wir als Nächstes müssen."

Die erste Wahrheit des Buches wurde enthüllt.

Die erste Spur hatte sich offenbart doch mit ihr auch die Gewissheit, dass dies erst der Anfang war.

Der Weg zurück

Die Luft in der Höhle war noch immer erfüllt von dem sanften Glühen der magischen Mechanismen, als die Gruppe sich langsam von dem Runenstein löste. Sie hatten die erste Spur gefunden, ein Puzzlestück in einem weit größeren Bild doch ihr Weg war noch nicht zu Ende.

Camy drehte sich zu Simmuck. „Kommst du mit uns?"

Der kleine Zaruun wackelte nachdenklich mit seinen langen Ohren. „Ich... würde ja gern, aber jemand muss sich um dieses Versteck kümmern. Es war Belors Wunsch, dass es bewahrt bleibt."

Kira nickte. „Dann danke für deine Hilfe, Simmuck. Ohne dich hätten wir es nicht geschafft."

Simmuck grinste schief. „Ich weiß. Aber hey wenn ihr das nächste Mal hier seid, bringt mir was Spannendes zum Lesen mit!"

Chubby lachte. „Abgemacht."

Mit einem letzten Blick auf das mechanische Wunderwerk der Kugel wandte sich die Gruppe schließlich zum Aufbruch. Der Weg nach oben war genauso beeindruckend wie der nach unten erneut setzte Simmuck den Mechanismus in Gang, und die gewaltige Kristallblume brachte sie langsam wieder nach oben, zurück in sein verborgenes Labor.

Als sie aus dem tiefen Inneren des Vulkans zurückkehrten, spürten sie sofort die veränderte Atmosphäre. Der Sturm hatte sich verzogen. Nur ein feiner Sandhauch lag noch in der Luft, und durch eine der Öffnungen der Höhle konnten sie das erste Licht des Morgens erkennen, das sich über den fernen Horizont legte.

„Zum Glück haben die Geggons gewartet," meinte Tommek, als sie den Felsspalt erreichten, wo sie ihre treuen Fluggefährten zurückgelassen hatten.

Die großen Wesen schienen sichtlich erleichtert, als die Gruppe zurückkehrte. Nyx bellte begeistert und sprang in Kreisen um sie herum.

„Bereit für den Heimweg?" fragte Kira, während sie ihre Ausrüstung fest schnallte.

„Absolut," sagte Camy und streichelte seinen Geggon beruhigend.

Mit kräftigen Flügelschlägen erhob sich die Gruppe in den Himmel. Der Vulkan, der nun ein gelöstes Geheimnis verbarg, blieb unter ihnen zurück, während sie in Richtung des Chahlouh flogen.

Als sie ihn erreichten, wartete Captain Temur bereits auf sie.

„Ihr seht schrecklich aus," begrüßte er sie trocken.

Chubby grinste. „Danke, Captain. Das sagen Sie aber sicher zu allen, die lebend aus einem Vulkan kommen."

„Habt ihr, wonach ihr gesucht habt?"

Camy hielt den Schlüssel Artefakt mit dem blau leuchtenden Runenstein in die Höhe. „Und noch einiges mehr."

Temur musterte ihn nachdenklich, dann nickte er. „Dann bringt das Ding in Sicherheit und macht euch bereit. Wir brechen auf."

Die Gruppe tauschte Blicke aus erschöpft, aber zufrieden. Sie hatten das erste Puzzleteil gefunden, die erste Spur entschlüsselt. Doch sie wussten, dass noch sechs weitere Rätsel auf sie warteten.

Als der Chahlouh in den Himmel stieg und den Wüstenplaneten hinter sich ließ, blieb eine Frage offen:

Welche Abenteuer würden Sie noch erwarten auf Ihrer langen Reise?

Der nächste Schritt

Die Atmosphäre in der Schiffsmesse war ungewöhnlich ruhig. Kein lockeres Geplänkel, keine gewohnten Scherze nur das leise Summen der Schiffssysteme und das gelegentliche Klirren einer Tasse auf dem Tisch.

Camy saß mit dem Buch vor sich, seine Krallen fuhren nachdenklich über die alten, leicht rauen Seiten. Die Enthüllung, die sie gerade gelesen hatten, hallte in seinem Kopf nach. Iquaris die versunkene Welt. Ein Ort, an dem der nächste Runenstein verborgen sein sollte.

Er hob den Blick zu den anderen. Kira lehnte sich mit verschränkten Armen ans Bullauge, ihr Blick war in den endlosen Weiten des Alls verloren. Neben ihr saß Nyx, der gelegentlich den Kopf schief legte, als könne er ihre Gedanken lesen.

Tommek schien als Einziger nicht völlig nachdenklich zu sein. Er kippte sich einen letzten Schluck aus seiner Flasche und lehnte sich entspannt zurück. „Also, wenn ich das richtig verstanden habe, geht's als Nächstes auf einen Planeten, der unter Wasser steht. Wer von euch kann gut schwimmen?"

Chubby lachte leise und legte die Füße auf den Tisch.

Camy schloss das Buch mit einem leisen Rascheln und atmete tief durch. „Dann sollten wir wohl langsam aufbrechen."

In diesem Moment knackte das Funkgerät an der Wand.

„Hier ist Captain Temur. Wir haben die Koordinaten für unseren nächsten Sprung. Wir werden gleich starten"

Die Gruppe tauschte einen letzten Blick.

Kira schob sich von der Wand weg und drehte sich mit einem entschlossenen Nicken zu ihnen um. „Ja. Auf nach Iquaris."

Chubby grinste breit, während Tommek sich in seinen Sitz fallen ließ. „Na dann, los geht's."

Nyx wedelte einmal mit dem Schwanz und sprang neben Camy auf die Bank, als wolle er damit sagen: *Ich bin bereit.*

Die Sterne vor dem Bullauge begannen sich zu verzerren.

Ein leises Summen durchzog den Chahlouh.

Dann stürzten sie in den Hyperraum auf in ein neues Abenteuer.

Weit weg von den Abenteurern

Dunkle Schatten tanzten über den rissigen Boden der alten Raumhafen Bar, als eine einzelne Gestalt in einem abgelegenen Separee saß. Der Raum war schummrig beleuchtet, der schwache Schein der Notbeleuchtung reflektierte sich in einem halbvollen Glas dunkler Flüssigkeit auf dem Tisch.

Die drei Schläger, die auf der Kamurax station eine herbe Niederlage hatten einstecken müssen, standen angespannt vor dem Tisch, als würde jede falsche Bewegung ihr Todesurteil bedeuten.

Vor ihnen, lässig im Schatten sitzend, befand sich eine hochgewachsene, wolfsartige Gestalt mit dunklem Fell, durchzogen von vereinzelten silbernen Strähnen. Seine scharfen, gelben Augen funkelten hinter einer dunklen Brille, die er langsam mit den Krallen seiner rechten Pfote von der Schnauze zog. Sein Lächeln war ruhig, fast schon freundlich. Doch die Art, wie er die drei musterte, ließ ihre Pelze unangenehm kribbeln.

„Ihr schuldet mir noch etwas," sagte er mit sanfter, fast beiläufiger Stimme, während er mit einer Klaue am Rand seines Glases entlang fuhr.

Der bullige Schläger, der sich noch immer am Bauch hielt ein Überbleibsel von Tommeks Schlag räusperte sich nervös. „Hör zu, Varex… wir… wir haben eine Möglichkeit, deine Gunst zurückzugewinnen."

Varex hob eine Augenbraue, sein Blick wurde schärfer. „Oh? Ich höre."

Der hagere Typ mit dem Cyber Implantat trat einen Schritt vor. „Da war diese Gruppe... Kashari. Sie waren auf der Handelsstation, haben nach Ausrüstung gesucht. Ziemlich eigenartige Ausrüstung, um genau zu sein. Nicht die übliche Schmuggelware mehr... Expeditionsequipment."

Varex lehnte sich interessiert vor. „Expeditionen gibt es viele. Was macht diese Gruppe so besonders?"

Der dritte Schläger, der mit der Metallklaue, räusperte sich. „Wir... waren neugierig. Nachdem wir ihnen begegnet sind, haben wir nochmal mit dem Händler gesprochen, der ihnen die Ausrüstung verkauft hat. Wir haben ihm ein paar Fragen gestellt... und er war sehr gesprächig, nachdem wir ihm klargemacht haben, dass er reden sollte."

„Und was hat dieser gesprächige Händler euch erzählt?" Varex Stimme blieb ruhig, doch seine Augen funkelten mit gefährlichem Interesse.

Der bullige Schläger trat unruhig von einer Pfote auf die andere. „Sie haben über einen alten Forscher gesprochen... irgendein Geheimnis. Sie haben sich mit Karten eingedeckt, und dann sind sie in die Wüste geflogen."

Varex schwieg einen Moment. Dann lehnte er sich in seinem Sitz zurück, ein zufriedenes, nachdenkliches Lächeln auf den Lippen.

„Alte Geheimnisse also… interessante Neuigkeiten." Er griff nach seinem Glas, drehte es leicht in der Pfote und nahm einen kleinen Schluck.

Dann stellte er es langsam wieder ab.

„Ich hoffe für euch, dass diese Informationen korrekt sind." Sein Blick wurde schärfer, während sein Lächeln unangenehm freundlich blieb. „Denn wenn nicht… wird eure Schuld mir gegenüber noch um einiges größer werden."

Die drei nickten hastig, der hagere Schläger sprach eilig: „Wir schwören, Varex! Die Kashari haben was Großes gefunden, und sie werden sicher weiterziehen. Wenn wir sie verfolgen, können wir ihnen vielleicht zuvorkommen…"

Varex schmunzelte. „Das werde ich in Betracht ziehen."

Dann stand er langsam auf, zog seine Brille wieder über die Augen und trat aus dem Schatten ins trübe Licht der Bar.

„Findet mir heraus, wo sie als nächstes hinfliegen. Und diesmal ohne eine Schlägerei zu verlieren."

Mit diesen Worten drehte er sich um und verschwand in der Menge ein lautloser Jäger, der bereits seine Beute ins Visier genommen hatte.

Seine gelben Augen funkelten im Zwielicht.

Das Spiel hatte gerade erst begonnen.

Fortsetzung folgt in Band 2

Die Stadt unter den Sternen.

Danke, dass du mit mir durch Thariis gereist bist.
Vielleicht bin ich nur ein kleiner Fuchs mit zu vielen
Ideen im Kopf aber du hast mir gezeigt, dass diese
Reise nicht umsonst war.

Du hast gelesen, gelacht, vielleicht mal kurz geweint
oder den Kopf geschüttelt und bist bis hierher mit mir
gegangen.

Dieser erste Band war nur der Anfang.
Ein kleiner Schritt in eine große, bunte Welt voller
Abenteuer, Freundschaft, Magie und… noch viel mehr.

Wenn du jetzt das Buch zuschlägst und noch einen
Moment an Camy, Kira, Tommek & all die anderen
denkst dann lebt diese Geschichte weiter.
Und wer weiß? Vielleicht sehen wir uns schon bald in
Band 2 wieder.

Bis dahin: Bleib magisch, neugierig und mutig.

Camy the Fox